AF485267

H.G. WELLS

Em Terra de Cegos

O Bacilo Roubado e A Porta no Muro

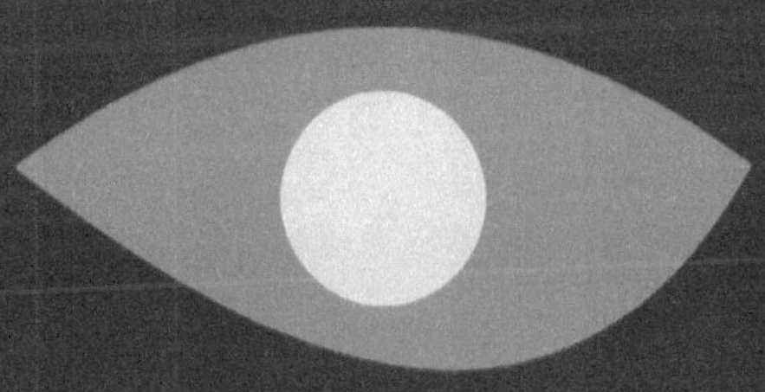

tradução e adaptação
philipe pharo

contraescrita

Em Terra de Cegos
O Bacilo Roubado
e
A Porta No Muro

H.G. Wells

(1866 – 1946)

Traduzido e Adaptado do Inglês por:

Philipe Pharo da Costa

Autor: H.G. Wells

Tradutor: Philipe Pharo

Título: Em Terra de Cegos

Título Original: The Country Of The Blind (1904)

Outros Títulos: O Bacilo Roubado | A Porta No Muro

Outros Títulos Originais: The Stolen Bacillus (1894)
& The Door in The Wall (1911)

Coleção: Série Grandes Autores (Vol. VII)

Revisão: do tradutor (31 de outubro de 2023)

Imagem de Capa: ContraatircsE

Design de Capa e Interior: ContraatircsE

Produção: ContraatircsE

1ª Edição – 30 de agosto de 2022 (Livro de Bolso)

AO 1990

Depósito Legal: 504475/22

ISBN-13: 978-989-54721-9-2

Contacto para encomendas a retalho: ContraatircsE@gmail.com

ÍNDICE

PREÂMBULO

H.G. Wells está considerado como um dos principais propulsores do género literário da ficção-científica, por muitos autores e críticos considerado o pai da ficção científica a par de Jules Verne (Júlio Verne). Mas Wells era um escritor diversificado e escreveu também noutros estilos como o realista, a fantasia, e a ficção especulativa.

Nesta edição que conta a tradução de três contos, juntámos uma seleção entre a fantasia e a ficção científica. Desde uma bactéria mortífera que poderá convulsionar o mundo, a uma viagem alucinada à infância nos meandros de um jardim encantado e a influência e consequências que essas experiências têm no percurso da vida do ser humano, até as idiossincrasias entre comunidades e o respeito pelas diferentes culturas sem perder um espírito crítico e com a prevalência do indivíduo numa terra de cegos.

"Em Terra de Cegos" é possivelmente o conto inspirador da obra "Ensaio sobre a Cegueira" de José Saramago. Foi publicado pela *Strand Magazine* em 1904, e incluido na coleção de *short-stories* de H.G. Wells, *"The Country of The Blind and Other Stories"* (1911). Uma história plena de simbolismo que balança entre a ficção científica e a ficção especulativa. Um aventureiro das montanhas sofre uma queda nas neves e quando desperta encontra-se no seio de uma comunidade que perdeu a visão e o seu conceito.

“O Bacilo Roubado” retirado da coletânea de contos *The Stolen Bacillus and other incidents*, publicado pela *Methuen & Co.* em 1895 e tendo sido o primeiro livro de contos de Wells, recolhidos das publicações em periódicos onde foram publicados pela primeira vez, no caso "O Bacilo Roubado" (*Pall Mall Budget*, 21 de junho de 1894). Nesta história um cientista recebe em sua casa um ilustre desconhecido, tomado pela oportunidade de partilhar as suas pesquisas o cientista permite ao desconhecido a oportunidade de este roubar uma cultura de bactérias pondo-se em fuga para executar um plano maligno.

The Door In The Wall and other stories, coletânea de contos publicada em 1911 da qual se traduziu “A Porta no Muro”, uma história de fantasia sobre a narração da infância e o seu grande segredo, Wells, descreve o encontro de dois amigos de longa data que recordam os velhos tempos diante de uma lareira, um dos amigos relata a sua ida a um jardim encantado ao qual chegou depois de atravessar uma porta verde que o segue ao longo da sua vida.

E assim se juntam estes três contos fantásticos titulares dos livros de *short-stories* de H.G. Wells.

Philipe Pharo da Costa
28/08/2022

Herbert George Wells

OUR NOVELS GET LONGA AND LONGA

Our novels get longa and longa
Their language gets stronga and stronga
There's much to be said
For a life that is led
In illiterate places like Bonga

H.G. Wells

NOSSOS ROMANCES ALONGAM-SE E ALONGAM-SE

Nossos romances alongam-se e alongam-se
A sua linguagem fortalece-se e fortalece-se
Há tanto para se dizer
De uma vida a fazer
Em sítios iliterados como Moatize

Tradução: Philipe Pharo
2022

O BACILO ROUBADO

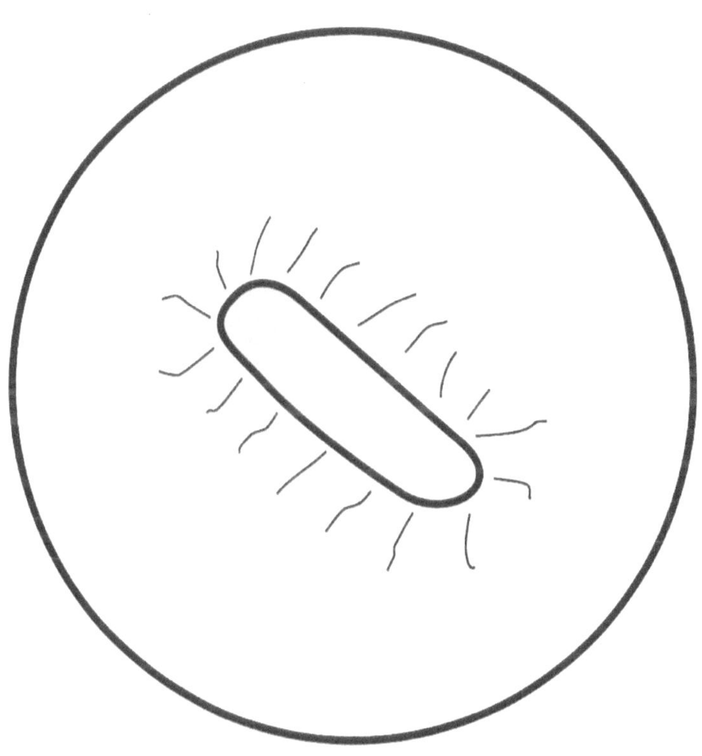

"Isto, novamente," disse o Bacteriologista, retirando a lâmina de vidro debaixo do microscópio, "é na realidade, um preparo do Bacilo de Cólera, o germe da cólera."

O homem de cara pálida espreitou através do microscópio. Mas ele não estava evidentemente acostumado aquele tipo de coisa, e manteve uma mão branca flácida sobre o seu olho livre. "Eu vejo muito pouco.", disse ele.

"Toque neste parafuso," disse o Bacteriologista; "talvez o microscópio esteja desfocado para si. Os olhos variam muito. Basta um ligeiro desvio num ou outro sentido."

"Ah! Agora percebo." afirmou o visitante. "Não há tanto assim para ver afinal de contas. Pequenas listras e retalhos de cor-de-rosa. E, no entanto, aquelas pequenas partículas, aqueles meros átomos, podem-se multiplicar e destruir uma cidade! Maravilhoso!"

Ele levantou-se, e ao soltar a lâmina de vidro do microscópio, segurou-a na sua mão na direção da janela. "Dificilmente visível.", disse ele enquanto escrutinava o preparo. Ele hesitou. "Está isto... vivo? Já são perigosos?"

Estes foram corados e mortos", disse o Bacteriologista. "Desejo, pela minha parte, que pudéssemos matar e corar cada um deles no Universo."

"Suponho," disse o homem pálido, com um leve sorriso, "que dificilmente se importe de ter tais coisas vivas em seu redor, no atual estado?"

"Pelo contrário, somos obrigados a isso", disse o Bacteriologista. "Aqui, por exemplo." Ele atravessou a sala e pegou num dos tubos selados. "Aqui está a coisa viva. Isto é uma cultura da própria bactéria da doença, viva." Ele hesitou. "Cólera engarrafada, por assim dizer."

Um leve brilho de contentamento emergiu momentaneamente na cara do homem pálido. "É uma coisa mortífera o que tem na sua posse.", disse ele, devorando o pequeno tubo com os seus olhos. O Bacteriologista observou o prazer mórbido da expressão do seu visitante. Este homem, que o havia visitado nessa tarde com uma carta de apresentação de um velho amigo, interessava-lhe pelo próprio contraste das suas disposições. O cabelo negro liso e os profundos olhos cinzentos, a expressão abatida e as maneiras nervosas, o inconstante e no entanto arguto interesse do seu visitante eram algo de novo, diferente das deliberações fleumáticas do trabalhador científico comum com quem o Bacteriologista se associava habitualmente. Era talvez natural, com um ouvinte evidentemente tão impressionável com aquela natureza letal; o seu tópico, reter o aspeto mais efetivo do assunto.

Ele segurou o tubo na sua mão pensativamente. "Sim, aqui está a peste aprisionada. Basta partir um pequeno tubo como este num reservatório de água potável, digamos a estas breves partículas de vida, que precisamos de manchar e examinar com os maiores poderes de um microscópio apenas para as conseguir ver, e não podemos nem cheirar ou saborear; digamos-lhes: 'Avancem, aumentem e multipliquem-se, e reabasteçam as cisternas.'; e a morte — misteriosa e indiscodificável morte, rápida e terrível, plena de dor e de indignidade — seria libertada sobre esta cidade, e iria para cá e para lá em busca das suas vítimas. Aqui tiraria o marido da esposa, ali a criança da sua mãe, acolá o estadista do seu dever, e além o trabalhador do seu fardo. Seguiria as redes de água, rastejando pelas ruas, escolhendo e punindo uma casa aqui e outra ali onde não fervessem a sua água de beber, rastejando para dentro dos poços de produtores de água mineral, sendo lavada em saladas, e repousando dormente em gelos. A morte esperaria pronta a ser bebida nos bebedouros de cavalos, e pelas crianças inocentes nas fontes públicas. Embrenhar-se-ia nos solos, simplesmente para reaparecer nas fontes e nos poços num milhar de locais inesperados. Depois de ter começado com o fornecimento de água, e antes que a pudéssemos isolar, e voltar a apanhá-la, ela teria dizimado a metrópole."

Ele parou abruptamente. Foi-lhe ensinado que a retórica era a sua fraqueza.

"Mas é bastante seguro aqui, sabe, bastante seguro."

O homem de cara pálida acenou com a cabeça. Os olhos dele brilharam. Limpou a sua garganta. "Estes Anarquistas vagabundos," disse ele, "são tolos, tolos vendados — usar bombas quando este tipo de coisa é alcançável. Julgo eu!"

Uma suave reprimenda, um mero toque suave de unhas ouviu-se na porta. O Bacteriologista abriu-a. "Só um minuto querido.", sussurrou a sua esposa.

Quando ele reentrou no laboratório o seu visitante estava a olhar para o seu relógio. "Eu não fazia a menor ideia de que havia gasto uma hora do seu tempo.", disse ele. "Doze minutos para as quatro. Eu precisava de ter saído pelas três e meia. Mas as suas coisas eram realmente demasiado interessantes. Não, eu não posso mesmo ficar nem mais um momento. Tenho um noivado às quatro."

O homem saiu da sala reiterando os seus agradecimentos, e o Bacteriologista acompanhou-o até à porta, e depois voltou pensativo pelo corredor da passagem para o seu laboratório. Ele ia a meditar sobre a etnia do seu visitante. Com certeza o homem não seria do tipo Teutónico nem um comum Latino. "Um produto mórbido, de qualquer modo, tenho receio.", disse o Bacteriologista para si mesmo.

"Como ele se regozijou com aquelas culturas de germes!" Um pensamento disturbador tomou conta dele. Ele virou-se para a banca junto do banho de vapor, e depois muito rapidamente para a sua mesa de escrever. Depois precipitou-se nos seus bolsos e correu para a porta. "Devo ter deixado em cima da mesa do hall.", disse ele.

"Minnie!", gritou ele roucamente para o hall.

"Sim, querido.", respondeu uma voz longínqua.

"Eu tinha alguma coisa na mão quando falei contigo, querida, mesmo agora?"

Pausa.

"Nada, meu querido, do que me lembro."

"Triste ruína!", gritou o Bacteriologista, e correu incontinentemente para a porta da frente e desceu os degraus da sua casa para a rua.

Minnie, ao ouvir a porta a bater violentamente, correu alarmada para a janela. Abaixo na rua um homem esguio estava a entrar num coche. O Bacteriologista, sem chapéu, e com as suas pantufas nos pés, corria e esbracejava selvaticamente na direção daquele grupo. Uma das pantufas saiu, mas ele não esperou por ela. "Ele enlouqueceu!", disse Minnie; "É aquela horrenda ciência dele"; e, abrindo a janela, tê-lo-ia chamado não fosse ele já longe. O homem esguio, subitamente olhando de relance, pareceu atingido pela mesma ideia de desordem mental. Ele apontou precipitadamente na direção do Bacteriologista, disse algo ao cocheiro, o toldo do coche bateu, o chicote assobiou, os cascos do cavalo bateram, e num instante, coche e Bacteriologista, agitadamente em perseguição, esvaneciam-se na vista da estrada e desapareceram ao virar da esquina.

Minnie permaneceu esticada na janela por um minuto. Depois meteu a cabeça de novo para dentro do quarto. Ela estava estupefacta. "Claro que ele é excêntrico", meditou ela. "Mas correr por Londres — no pico do Inverno, para mais — e a correr em peúgas!" Um feliz pensamento atravessou a sua mente. Ela colocou o seu gorro apressadamente, apanhou os sapatos dele, foi para o hall, pegou no leve sobretudo e no chapéu dele que estavam nas cavilhas, emergiu na soleira da porta e acenou a um coche que passava por ali oportunamente. "Leve-me pela estrada acima e vire para *Havelock Crescent*, a ver se conseguimos encontrar um cavalheiro a correr por ali num casaco de veludo e sem chapéu."

"Casaco de veludo, senhora, e sem chapéu. Muito bem, senhora." E o cocheiro sacudiu o chicote de imediato da forma mais objetiva possível, como se ele guiasse o coche para aquela morada todos os dias da sua vida.

Alguns minutos mais tarde o pequeno grupo de cocheiros e de vadios, que se junta ao redor do abrigo de cocheiros em *Haverstock Hill*, foram surpreendidos pela passagem de um coche com uma crina de cavalo arruivada, conduzida furiosamente.

Eles permaneceram em silêncio à sua passagem, mas ao esvanecer-se: "Aquele é 'Arry 'Icks. Que tem ele?", disse um cavalheiro robusto conhecido por Velho Tootles.

"Ele está a dar uso ao chicote, está sim, sempre a dar-lhe.", disse o moço de estrebaria.

"Olá!", disse o pobre velho Tommy Byles; "Aqui está mais um lunático engraçado. Lixado como não há."

"É o velho George," disse o Velho Tootles, "e está a guiar como um lunático, como dizes. Ele não está a roçar o coche? Será que anda atrás de 'Arry 'Icks?"

O grupo em redor do abrigo de cocheiros ficou animado. Fez-se um coro: "Dá-lhe, George!" "É uma corrida." "Vais apanhá-lo!" "Dá-lhe chicote!"

"Ela é das que vai, ela é!", disse o moço de estrebaria.

"Põe-me tonto!", clamou o Velho Tootles. "Aqui! Vou a começar num minuto. Lá 'bem' outro! Todos os coches em *Hampstead* enlouqueceram esta manhã!"

"Desta vez é um macho de campo." disse o moço de estrebaria.

"Ela está a segui-lo.", disse o Velho Tootles. "Normalmente é ao contrário."

"O que leva ela na mão?"

"Parece uma cartola."

"Que gozo pegado isto é! Aposto três contra um no velho George.", disse o moço de estrebaria, "Seguinte!"

Minnie passou por eles no meio de um soar de aplausos. Ela não gostou, mas sentiu que estava a cumprir com o seu dever, e virou os seus olhos para *Haverstock Hill* e *Camden Town High Street* sempre com a intenção de ver as costas do velho George em movimento, que lhe guiava o seu marido vagabundo para longe dela tão incompreensivelmente.

O homem do primeiro coche sentou-se agachado na esquina, os seus braços dobrados em aperto, e o pequeno tubo que continha tão vastas possibilidades de destruição agarrado pelas suas mãos. O seu humor era uma singular mistura de medo e exultação. Sobretudo ele tinha medo de ser apanhado antes de conseguir cumprir o seu propósito, mas por detrás disto havia um medo vago, no entanto maior do que a horrorosidade do seu crime. Mas a sua exultação excedeu o seu medo. Nenhum Anarquista antes dele se havia alguma vez aproximado desta conceção dele. Ravachol, Vaillant, todas aquelas pessoas distintas cuja fama tinha minguado à insignificância perante ele. Tinha apenas de estar perto do fornecimento de água, e quebrar aquele pequeno tubo num reservatório. Quão brilhantemente ele o havia planeado, forjado a carta de apresentação e conseguido entrar no laboratório, e quão brilhantemente ele tinha agarrado a sua oportunidade. O mundo ouviria falar dele por fim. Todas aquelas pessoas que o haviam desdenhado, negligenciado, preferido outras pessoas a ele, que achavam a sua companhia indesejável, iriam por fim tê-lo em consideração. Morte, morte, morte! Sempre o haviam tratado como um homem sem qualquer importância. O mundo inteiro havia estado numa conspiração para o manter afastado. Ele iria ensinar-lhes assim as consequências de isolar um homem. Qual era esta rua familiar? *Great Saint Andrew's Street*, pois claro! Quanto custou a corrida? Ele saiu do coche. O Bacteriologista estava a uns escassos cinquenta metros. Isso era mau. Assim ele iria ser apanhado e detido. Ele meteu a mão ao bolso à procura de dinheiro, e encontrou meio soberano. Este ele empunhou através da escotilha do topo do coche na direção da cara do cocheiro. "Seria mais," ele gritou, "se tivéssemos conseguido fugir."

O dinheiro foi-lhe arrancado da mão. "Estais certo.", disse o cocheiro, e a escotilha bateu, e o chicote caiu com força ao longo do flanco reluzente do cavalo. O coche dançou, e o Anarquista, meio de pé debaixo da escotilha, colocou a mão que segurava o pequeno tubo de vidro no toldo para manter o seu equilíbrio. Ele sentiu a frágil coisa estalar, e a metade quebrada daquilo estilhaçou-se sobre o chão do coche. Ele caiu sobre o assento com uma maldição, e olhou sombriamente para as duas ou três gotas de humidade sobre o toldo.

Ele estremeceu.

"Bem, suponho que serei o primeiro. *Pfff.* De qualquer modo, serei um Mártir! Isso é alguma coisa. Mas é uma morte nojenta, ainda assim. Pergunto-me se dói tanto como se diz.

Na verdade, ocorreu-lhe um pensamento — ele tateou entre os seus pés. Uma pequena gota estava ainda no fundo quebrado do tubo, e ele bebeu-o para ter a certeza. Era melhor ter a certeza. Ele não falharia em qualquer medida.

Depois apercebeu-se de que não havia mais qualquer necessidade de escapar ao Bacteriologista. Na Rua de Wellington ele disse ao cocheiro para parar, e saiu. Escorregou no degrau, e a cabeça ficou zonza. Era uma coisa rápida, aquele veneno de cólera. Acenou ao cocheiro como se ele ainda lá estivesse, e manteve-se erguido no pavimento com os seus braços dobrados sobre o seu peito esperando a chegada do Bacteriologista. Havia algo de trágico na sua pose. A sensação de morte iminente conferia-lhe uma certa dignidade. Ele saudou o seu perseguidor com uma gargalhada desafiante.

"*Vive l'Anarchie!* Chegaste tarde demais meu amigo, eu bebi-a. A cólera está em expansão!"

Desde o seu coche o Bacteriologista lançou-lhe um olhar curioso através dos seus óculos. "Tu bebeste-o! Um Anarquista! Agora percebo." Ele estava prestes a acrescentar algo mais, e depois deu-se conta de si mesmo. Um sorriso pendeu na esquina da sua boca. Ele abriu o toldo do coche como se fosse para descer, ao que o Anarquista lhe acenou em jeito de despedida dramática e afastou-se na direção de *Waterloo Bridge*, cuidadosamente empurrando o seu corpo infetado contra o máximo de pessoas possível. O Bacteriologista estava tão preocupado com a sua visão dele que mal manifestou surpresa perante a aparição de Minnie sobre o pavimento com o seu chapéu, sapatos e sobretudo. "Muito bom da tua parte trazeres-me as minhas coisas.", disse ele, e permaneceu perdido na contemplação da esvanecente figura do Anarquista.

"É melhor que entres.", disse ele ainda fitando a figura. Minnie sentia-se agora absolutamente convencida de que estava louco, e mandou o cocheiro para casa à própria responsabilidade dela. "Calçar os meus sapatos? Com certeza, querida." disse ele, enquanto o coche começou a virar, e escondeu dos seus olhos a empertigada figura negra, agora cada vez mais minúscula à distância. Depois subitamente algo grotesco o atingiu, e ele riu-se. Então ele anotou, "É realmente muito sério, porém."

"Veja, o homem veio à minha casa para me ver, e ele é um Anarquista. Não — Não desmaie, ou não tenho possibilidade de lhe contar o resto. Eu queria surpreendê-lo, sem saber que ele era um Anarquista, e peguei numa cultura daquela nova espécie de Bactéria de que tenho vindo a falar e estava-lhe a contar sobre aquela infestação, e que eu penso que produz manchas azuis em vários macacos, e, como um idiota, disse que era cólera asiática. E ele fugiu com ela para envenenar a água de Londres, ele deve ter certamente conseguido tornar as coisas azuis nesta cidade civilizada. E agora engoliu-a. É claro que, não posso dizer que isso vá acontecer, mas sabes que aquele gato virou azul, e os três cachorrinhos às manchas, e o pardal ficou azul brilhante. Mas o chato é que, eu vou ter todo o trabalho e despesa de preparar um pouco mais.", disse ele em jeito de desabafo.

"Vestir o meu casaco neste dia quente! Porquê?" "Porque podemos encontrar-nos com Mrs. Jabber." "Minha querida, Mrs. Jabber não é uma corrente-de-ar. Mas porque haveria eu de vestir um casaco num dia quente por causa de Mrs. .... Oh! Muito bem."

FIM

A PORTA NO MURO

I.— Em certa noite confidencial, há nem três meses atrás, Lionel Wallace contou-me esta história da Porta no Muro. E na altura eu pensei que quanto ao que lhe dizia respeito a história era verdadeira.

Ele contou-a com semelhante e direta simplicidade de convicção que eu não podia senão acreditar nele.

Mas de manhã, no meu próprio apartamento, eu despertei com uma atmosfera diferente, e enquanto eu estava deitado na cama e me recordava das coisas que ele me havia dito, despojado do glamour da sua lenta voz ernesta, despido da luz sombria centrada na mesa, a atmosfera sombria que se embrulhava sobre ele e sobre mim, e as agradáveis coisas brilhantes, a sobremesa e os copos e os guardanapos do jantar que havíamos partilhado, fazendo-as naquele momento um pequeno mundo brilhante bastante desfasado das realidades quotidianas, vi tudo aquilo como francamente incrível. "Ele era mistificante!" Disse eu, e depois: "Quão bem ele o fez!... Não é bem aquilo que haveria de esperar dele, de todas as pessoas, fazer bem."

Posteriormente, enquanto eu me sentava e bebia o meu chá matinal, eu dei por mim a tentar aperceber-me do paladar da realidade que me deixava perplexo nas suas impossíveis reminiscências, supondo que elas de alguma forma o sugeriam, apresentavam, transportavam — mal sei que palavra usar — experiências que seriam de outra forma impossíveis de contar.

Bem, não vou recorrer agora a essa explicação. Eu superei as minhas dúvidas intervenientes. Acredito agora, como acreditei quando me foi contado, que Wallace fez tudo o que estava ao seu alcance para me revelar a verdade do seu segredo. Mas tenha ele próprio visto, ou pensado apenas ter visto, ou fosse ele próprio o possuidor de um inestimável privilégio ou a vítima de um sonho fantástico, não posso fingir adivinhar. Até os factos da sua morte, que extinguiram para sempre as minhas dúvidas, não revelam nada sobre isso.

Tanto assim que fica ao cuidado do leitor julgar por si mesmo.

Eu já me esqueci que comentário do acaso ou criticismo meu moveu tão reticente homem a confidenciar-se-me. Penso eu que ele se estava a defender contra uma imputação de negligência e falta de fiabilidade que havia tido para com um grande movimento público, sobre o qual, devo dizer, ele me havia desapontado. Mas ele emergiu subitamente. "Eu tenho uma preocupação...", disse ele.

"Eu sei," continuou após uma pausa, "que fui negligente. O facto é que isto não é um caso de fantasmas ou aparições, mas é algo de estranho de se contar, Redmond. Eu estou assombrado. Eu estou assombrado por algo... Algo que retira bastante luz sobre as coisas, que me preenche com anseios..."

Ele pausou, tocado por aquela timidez inglesa que tão frequentemente toma conta de nós quando vamos falar sobre coisas comoventes, ou sérias, ou belas. "Tu estavas em *Saint Aethelstan* todo esse tempo," disse ele, e por um momento isso pareceu-me bastante irrelevante. "Bem." – e ele pausou. Depois, muito hesitantemente a princípio, mas em seguida mais facilmente, ele começou a contar sobre a coisa que estava escondida na sua vida, a memória assombrosa de uma beleza e de uma felicidade que lhe preenchia o coração de ânsias insaciáveis, que fazia todos os interesses e espetáculos da vida mundana parecerem-lhe monótonas e tediosas e vãs.

Agora que tenho a noção disso, a coisa parece-me visivelmente escrita na sua cara. Eu tenho uma fotografia na qual aquele olhar de desapego se deteve e se intensificou. Recorda-me do que uma mulher uma vez disse dele, uma mulher que o havia amado imensamente. "Subitamente," disse ela, "o interesse dele desaparece. Ele esquece-te. Não sente qualquer culpa por ti, mesmo que seja evidente..."

Mesmo assim o interesse não estava sempre ausente da sua pessoa, e quando prestava atenção a algo, Wallace conseguia forjar ser um homem extremamente bem-sucedido. A sua carreira, de facto, está cheia de sucessos. Ele deixou-me para trás há muito tempo: ele pairou sobre a minha cabeça, e apagou uma ideia do mundo que eu não podia apagar, de qualquer das formas. Ainda lhe faltava um ano para os quarenta, e agora diz-se que ele poderia ter sido incluído num ministério, e que provavelmente estaria no novo Governo se estivesse vivo. Na escola sempre me ultrapassou com facilidade, era essa a sua natureza. Nós estávamos na escola juntos em *Saint Aethelstan's College* em *West Kensington* por quase todo o nosso percurso escolar. Ele chegou à escola como meu igual, mas ele saiu muito acima de mim, num esplendor de bolsas de estudo e performance brilhante. Ainda assim julgo que eu fiz um percurso razoável. E foi na escola que primeiro ouvi sobre "A Porta no Muro", do que voltaria a ouvir por uma segunda vez apenas um mês antes da sua morte.

Pelo menos para ele a Porta no Muro era uma porta real, que levava a atravessar um muro para as realidades imortais. Disso eu estou agora bastante seguro.

E entrou na sua vida bastante prematuramente, quando ele era uma pequena criança entre os cinco e seis anos. Eu lembro-me como, enquanto ele estava sentado a fazer a sua confissão lenta e profunda, ponderou e calculou a data disso. "Havia," disse ele, "uma trepadeira carmim da Virgínia lá dentro — um carmim uniforme e brilhante, numa clara luz âmbar do Sol de encontro ao muro branco. Aquilo moldou-se de alguma forma, ainda que não me lembre claramente como, e lá havia folhas de castanheiro-da-índia sobre o pavimento limpo exterior à porta verde. Elas apareciam em manchas amarelas e verdes, sabem, nem castanhas nem sujas, por isso deviam ter caído recentemente. Eu aceito que isso signifique que fosse outubro. Todos os anos eu procuro folhas de castanheiro-da-índia e devo saber isso.";

"Se eu estiver certo sobre isso, eu deveria ter uns cinco anos e quatro meses."

Ele era, segundo disse, um pequeno rapaz bastante precoce — aprendeu a falar numa tenra idade pouco habitual, e ele era tão sensato e 'à moda antiga', como as pessoas dizem, que lhe era permitida uma liberdade de iniciativa que a maioria das crianças dificilmente alcançam aos sete ou oito anos. A mãe dele morreu quando ele tinha dois anos, e ele ficou sob uma menor vigilância e autoridade de uma ama governanta. O seu pai era um austero e ocupado advogado que lhe reservava pouca atenção, e tinha grandes expetativas dele. Por todo o seu brilhantismo ele achava a vida um pouco cinzenta e monótona, penso eu. E um dia ele vagueou pelos pensamentos.

Ele não se conseguia recordar a concreta negligência que lhe permitiu escapar, nem do caminho que tomou pelas estradas de *West Kensington*. Tudo aquilo se havia esfumado pelas nébulas incuráveis da memória. Mas o muro branco e a porta verde surgiam-lhe bastante distintamente.

Enquanto decorria a sua memória daquela experiência infantil, ele experimentou uma emoção peculiar à primeira vista daquela porta, uma atração, um desejo de ir até à porta, abri-la e entrar. E ao mesmo tempo ele teve a mais clara convicção de que ou seria imprudente ou seria errado da parte dele — ele não conseguia dizer qual — render-se àquela atração. Ele insistiu naquilo como algo de curioso que ele sabia mesmo desde o princípio — salvo que a memória estivesse a pregar-lhe partidas estranhas — que a porta estava destrancada, e que ele poderia entrar como quisesse.

Parece que consigo ver a figura daquele rapaz, exaurido e rejeitado. E era muito claro na sua mente, também, apesar da causa de assim ser nunca ter sido explicada, que o seu pai ficaria muito zangado se ele atravessasse aquela porta.

Wallace descreveu-me todos estes momentos de hesitação até ao mais ínfimo detalhe. Ele passou mesmo junto a porta, e depois, com as suas mãos nos seus bolsos e fazendo uma tentativa infantil de assobiar, caminhou para lá do fim do muro. Aí ele recordou-se de uma quantidade de lojas sujas e execráveis, e particularmente da de um canalizador e decorador sanitário com uma desordem de canos de terracota poeirentos, folhas de chumbo, válvulas de esfera, livros de padrões de papel de parede, e latas de esmalte. Ele deteve-se a fazer de conta que examinava aquelas coisas todas, e, entretanto, ansiava, desejava apaixonadamente, a porta verde.

Depois, contou ele, teve uma lufada de emoção. Ele deu uma corrida na direção dela, antes que a hesitação o voltasse a dominar; rolou através da porta verde com a mão estendida e deixou bater para trás dele. E assim, num instante, ele chegou ao jardim que o assombrou por toda a sua vida.

Foi muito difícil para Wallace dar-me a sua total sensação daquele jardim a que ele chegou.

Havia algo no próprio ar daquilo que entusiasmava, que dava a sensação de luminosidade, bons acontecimentos e bem-estar; havia algo à vista daquilo que tornava as suas cores límpidas, perfeitas e subtilmente luminosas. O instante do sentimento o atingir era de um contentamento primoroso – como só em raros momentos da vida, e quando se é jovem e jubiloso, se se pode estar contente neste mundo. E tudo era lindo lá...

Wallace refletiu antes de me continuar a contar. "Estás a ver," disse ele, com a entoação duvidosa de um homem que se detém perante coisas incríveis, "havia ali duas grandes panteras... Sim, panteras malhadas. E eu não tinha receio. Havia um caminho longo e largo de flores com bordas marmoreadas de cada lado, e estas duas enormes bestas aveludadas estavam a brincar com uma bola. Uma olhou para cima e veio na minha direção, parecia um pouco curiosa. Veio direta a mim, roçou a sua suave orelha redonda muito delicadamente contra a pequena mão que eu mantinha de fora, e ronronou. Era, posso-te dizer, um jardim encantado. Eu sei. E o tamanho? Oh! Estendia-se distante e largamente, para um lado e para o outro. Creio que havia montes e colinas ao longe. Só os Céus saberão onde havia ido parar *West Kensignton* subitamente. E de certa forma era como se se chegasse a casa."

"Sabes," continuou, "no preciso momento em que a porta passou para trás de mim, eu esqueci a estrada com as suas folhas de castanheiro-da-índia, as suas tipoias e as carruagens dos comerciantes, esqueci-me da espécie de puxão gravitacional para a disciplina e obediência do lar, esqueci todas as hesitações e medos, esqueci a discrição, esqueci todas as íntimas realidades desta vida. Por um momento eu tornei-me um pequeno rapaz muito contente e maravilhosamente feliz — num outro mundo. Era um mundo com uma qualidade diferente, mais quente, com uma luz mais penetrante e adocicada, com um límpido laivo de contentamento no seu ar, e com mechas de nuvens ensolaradas no azulado do seu céu. E diante de mim corria este longo e largo caminho, convidativo, com camas de flores sem ervas daninhas de cada um dos lados, ricas em flores sem necessidade de serem cuidadas, e aquelas duas enormes panteras. Eu pus as minhas pequenas mãos sem receios no seu pelo suave, e acariciei-lhes as orelhas redondas, e os cantos sensíveis debaixo das suas orelhas, e brinquei com elas, parecia assim como se me estivessem a dar as boas-vindas a casa. Havia uma aguçada noção de chegar a casa na minha mente, quando, nesse momento, uma rapariga alta e jovem apareceu no caminho e veio ao meu encontro, sorridente, e me disse 'Ora então?', e levantou-me, e beijou-me, e pôs-me no chão novamente para depois me levar pela sua mão, não houve qualquer surpresa, apenas uma impressão de deliciosa pertinência, de ser relembrado de coisas felizes que haviam de um qualquer modo estranho sido esquecidas. Havia uma vasta escadaria vermelha, recordo-me, que saltava à vista entre os espinhos de delfínio, e ao subi-la fomos ao encontro de uma grande avenida ladeada por árvores muito velhas e sombrias. Por essa avenida abaixo, sabeis, entre os caules vermelhos gretados, havia bancos de mármore de honraria e estatuária, e pombas brancas muito mansas e amistosas...";

"Ao longo desta avenida fria me guiou a minha amiga, olhando para baixo — recordo as suas agradáveis linhas, o queixo finamente recortado do seu rosto doce e terno — fazendo-me perguntas com uma voz suave, aprazível, que me dizia coisas, sei dizer que eram coisas agradáveis, ainda que o que elas significavam eu nunca fui capaz de relembrar... Nesse momento um pequeno macaco-capuchinho, muito higiénico, com um pelo[1] castanho avermelhado e olhos de avelã em fogo, desceu de uma árvore até nós e correu ao meu lado, olhando-me para cima e sorrindo-me, chegou mesmo a saltar para o meu ombro. E assim seguimos ambos o nosso caminho num enorme júbilo."

Ele deteve-se.

"Continua!", disse eu.

"Recordo-me de pequenas coisas. Passámos por um velho homem que meditava entre loureiros, lembro-me, e por um sítio alegre com periquitos, e atravessámos uma arcada larga e sombreada até um amplo palácio fresco, cheio de fontes agradabilíssimas, plena de coisas belas, plena da excelência e da promessa que um coração pode desejar. E havia muitas coisas e muitas pessoas, algumas que ainda se parecem vislumbrar-se claramente e outras que são um pouco vagas; mas todas essas pessoas eram belas e ternas. De alguma forma — não sei como — foi-me

---

[1] Prolongamento filiforme, "Pêlo" no AO 1945

transmitido que todas elas eram boas para mim, que estavam contentes por eu ali estar, e preenchiam-me com o contentamento dos seus gestos, pelo toque das suas mãos, pelas boas-vindas e pelo amor que resplandecia dos seus olhos. Sim——"

Ele refletiu por um pouco. "Lá encontrei companheiros de brincadeira. Isso era muito para mim, porque eu era um pequeno rapaz solitário. Eles jogavam jogos encantadores num campo coberto de relva onde havia um relógio-de-sol montado com flores. E logo que se brincava se era atingido pelo contentamento...";

"Mas — é estranho — há uma falha na minha memória. Não me recordo dos jogos que jogámos. Nunca me recordo. Mais tarde, enquanto criança, passei longas horas a tentar, indo até às lágrimas para me recordar da forma daquela felicidade. Eu queria jogar uma e outra vez — no meu berçário — sozinho. Não! Tudo o que me recordo é da felicidade e dos dois queridos amigos de brincadeira que estavam quase sempre comigo... Então logo veio uma sombria mulher escura, com uma cara séria e pálida e olhos sonhadores, uma mulher sombria, vestida com um longo e suave robe de cor púrpura pálido, transportava um livro, acenou e levou-me a seu lado para uma galeria sobre um hall — ainda que os meus companheiros de brincadeira estivessem relutantes em ver-me ir embora, e tivessem parado o seu jogo enquanto ficaram a ver-me ser levado. 'Volta para nós!', eles gritaram. 'Volta para nós em breve!' Eu levantei os olhos na direção do seu rosto, mas ela não atendeu de todo aos pedidos deles. O rosto dela era muito gentil e sério. Ela levou-me para um banco na galeria, e eu mantive-me ao seu lado, pronto a olhar para o livro dela à medida que ela o abria sobre os seus joelhos. As folhas do livro abriram-se. Ela apontou, e eu olhei, maravilhado, pois nas vívidas páginas daquele livro eu vi-me a mim mesmo; era uma história sobre mim mesmo, e nele estavam todas as coisas que me haviam acontecido desde o meu nascimento...";

"Era maravilhoso para mim, porque as páginas daquele livro não eram retratos, percebes, eram realidades."

Wallace fez uma pausa com um ar sério — olhou-me duvidoso.

"Continua!", disse eu. "Eu compreendo."

"Eram realidades — sim, só podiam ser; as pessoas moviam-se e as coisas vinham e iam dentro dessas realidades; a minha querida mãe, a quem eu quase havia esquecido; depois o meu pai, austero e escorreito, os criados, o berçário, todas as coisas familiares do lar. Depois a porta da frente e as ruas movimentadas, com o tráfego circulando de um lado para o outro. Eu olhei e maravilhei-me, e olhei novamente com uma certa dúvida para o rosto da mulher e virei as páginas, saltando isto e aquilo, para ver mais e mais do livro, e assim por fim dei por mim a flutuar e a hesitar no exterior da porta verde no longo muro branco, e de novo senti o conflito e o medo.";

"'E a seguir?' Eu chorei, e ter-me-ia conectado, mas a mão fria da mulher séria deteve-me.";

"'A seguir?' Eu insisti, e contrariei delicadamente a sua mão, puxando os seus dedos com a minha força infantil, e ao ela se render e a página virou-se , ela debruçou-se sobre mim como uma sombra e beijou a minha fronte.";

"Mas a página não mostrou o jardim encantado, nem as panteras, nem a rapariga que me havia guiado pela sua mão, nem os amigos de brincadeira que haviam sido tão relutantes em me deixar ir. Mostrava uma longa rua cinzenta de *West Kensington*, naquela hora do esfriar da tarde antes de os candeeiros se acenderem, e eu lá estava, uma pequena figura desventurada, chorando alto, por tudo o que eu poderia fazer para me deter, e eu chorava porque não podia regressar para junto dos meus amigos de brincadeira que chamavam por mim, 'Volta para nós! Não te demores!' Eu estava lá. Isto não era qualquer página de um livro, mas a dura realidade; aquele sítio encantado e aquela mão repressora da mãe severa aos joelhos da qual eu me colocava — para onde haviam ido?"

Ele parou novamente, e permaneceu por um tempo a mirar o fogo.

"Oh! A aflição daquele retorno!", murmurou ele.

"Então?", eu disse, sensivelmente um minuto depois.

"Que pobre infeliz eu era! — devolvido aquele mundo cinzento outra vez! Ao aperceber-me da completude do que me havia acontecido, eu permiti-me a um significativamente ingovernável sofrimento. E a vergonha e humilhação daquele choro público e o meu ignominioso regresso a casa resta-se ainda em mim. Eu vejo novamente aquele velho cavalheiro com olhar benevolente através dos seus óculos dourados que parou e se me dirigiu a palavra — cutucando-me primeiro com o seu guarda-chuva. 'Pobre coitado,' disse ele, 'então andas perdido?' — e eu um rapaz de Londres com mais de cinco anos! E teve de trazer um jovem polícia bondoso e fazer de mim uma multidão, e assim levar-me para casa. A soluçar, conspícuo e assustado, eu voltei do jardim encantado para os passos da casa do meu pai.";

"É tanto quanto me lembro da minha visão daquele jardim — o jardim que ainda me assombra. É claro, eu não consigo expressar nada daquela qualidade indescritível de irrealidade translúcida, aquela diferença em relação às coisas comuns da experiência que envolvia tudo aquilo; mas isso — isso foi o que se passou. Se foi um sonho, estou certo de que foi um sonho diurno e absolutamente extraordinário... Hmm! — Naturalmente que se seguiu um terrível interrogatório, da minha tia, do meu pai, da ama, da governanta — toda a gente...";

"Eu tentei contar-lhes, e o meu pai deu-me a minha primeira surra por contar mentiras. Quando mais tarde tentei contar à minha tia, ela voltou a castigar-me pela minha teimosa persistência. Depois, como eu disse, toda a gente foi impedida de me ouvir, de ouvir uma palavra que fosse sobre o assunto. Até os meus livros de contos de fadas me foram retirados por um tempo — porque eu era demasiado 'imaginativo'. Ah? Sim, fizeram-me isso! O meu pai pertencia à velha escola... E a minha história virou-se contra mim. Eu sussurrei-a à minha almofada — a minha almofada que tantas vezes estava húmida e salgada das minhas lágrimas infantis para os meus lábios sussurrantes. E eu sempre acrescentei às minhas preces oficiais e menos fervorosas este pedido sentido do meu coração: 'Por favor Deus, que eu possa sonhar do jardim. Oh! Leva-me de volta ao meu jardim! Leva-me de volta ao meu jardim!' Eu sonho frequentemente com o jardim. Eu poderia ter acrescentado a isso, eu poderia ter mudado isso; não sei... Tudo isto, compreender-se-á, é uma tentativa de reconstruir memórias fragmentadas de uma experiência muito precoce. Entre essas e outras memórias consecutivas da minha infância existe um golfo. Veio um tempo em que me parecia impossível que pudesse alguma vez falar sobre essa visão maravilhosa novamente."

Eu fiz uma pergunta óbvia.

"Não," ele disse. "Eu não me lembro de alguma vez ter tentado encontrar o caminho de volta ao jardim nesses primeiros anos. Isto parece-me estranho agora, mas penso que, muito provavelmente, após esta desventura, foi mantida uma vigilância mais atenta aos meus movimentos para evitar o meu desvio. Não, não foi apenas depois de me teres conhecido que tentei voltar de novo ao jardim. E acredito que houve um período — por incrível que pareça — em que me esqueci completamente do jardim — quando eu tinha os meus oito ou nove anos, creio eu. Lembras-te de mim enquanto miúdo em *Saint Aethelstan's*?"

"Muito pouco!"

"Eu não dei sinais nesses tempos, pois não? De ter um sonho secreto?"

II. – Ele olhou para cima com um sorriso súbito.

"Alguma vez jogaste à Passagem do Noroeste comigo?... Não, claro que não andaste pelos meus lados!"

"Era o género de jogo," ele continuou, "que todas as crianças imaginativas brincavam naqueles tempos. A ideia era a descoberta de uma passagem a Noroeste para a escola. O caminho para a escola era demasiado óbvio; o jogo consistia em encontrar um caminho que não fosse demasiado óbvio, começando dez minutos mais cedo numa direção praticamente impossível, e na busca de atravessar ruas pouco usuais para atingir o meu objetivo. E um certo dia eu embrenhei-me numas ruas de classe-baixa no outro lado de *Campden Hill*, e comecei a pensar que por uma vez o jogo se havia virado contra mim e que chegaria atrasado à escola. Eu tentei de forma bastante desesperada uma rua que parecia um *cul-de-sac*[2], e encontrei uma passagem ao fundo. Apressei-me a atravessá-la com uma renovada esperança. 'Ainda vou conseguir, eu disse, e passei por um corredor de lojas mal-amanhadas que me eram inexplicavelmente familiares, e contemplei! Ali estava o meu longo muro branco e a porta verde que dava para o jardim encantado.";

"A coisa atingiu-me subitamente. Depois, afinal de contas, o jardim, aquele maravilhoso jardim, não era um sonho!"

Ele pausou.

---

[2] Em francês no texto - "bêco sem saída"

"Suponho que a minha segunda experiência com a porta verde faz uma diferença do tamanho do mundo entre a vida atarefada de um rapaz de escola e o infinito lazer de uma criança. De qualquer forma, desta segunda vez eu nem por um momento pensei em entrar logo de seguida. Estás a ver—. Por um lado, a minha mente estava preenchida com a ideia de chegar a horas à escola — apontada a não falhar o meu recorde de pontualidade. Eu devo ter seguramente sentido pelo menos um pequeno desejo de experimentar a porta — sim. Eu devo ter sentido isso. Mas parece que me lembro de sentir que a atração pela porta era apenas mais um obstáculo para o meu domínio sobre determinação de chegar à escola. Eu estava imensamente interessado nesta descoberta que havia feito, naturalmente — eu continuei com a minha cabeça enfiada naquilo — mas continuei. Não me verificou. Passei, enquanto puxava o meu relógio para fora, soube que ainda tinha dez minutos para dispensar, e depois estava a ir por ali abaixo até umas imediações familiares. Cheguei à escola, ofegante, é verdade, e encharcado da transpiração, mas a horas. Ainda me lembro de pendurar o meu casaco e o meu chapéu.... Passei mesmo ao lado dela e deixei-a para trás. Estranho, ah?"

Ele olhou para mim pensativo, "É claro que eu não sabia então que ela não estaria sempre lá. Os meninos de escola têm uma imaginação limitada. Suponho ter pensado que era algo de assombrosamente agradável tê-la ali, saber o meu caminho até ela, mas ali estava a escola a puxar por mim. Acho que eu estava muito perturbado e bastante desatento nessa manhã, mais embrenhado no recordar do que podia daquelas estranhas e belas pessoas que poderia agora voltar a rever. Estranhamente o suficiente, eu não tinha qualquer dúvida de que eles ficariam contentes por me ver... Sim, eu devo ter pensado no jardim essa manhã como um lugar alegre para onde se pode recorrer nos interlúdios de uma árdua carreira escolar.";

"Eu não fui de todo nesse dia. O dia seguinte era um meio feriado, e isso pode me ter pesado. Talvez, também, o meu estado de desatenção me tenha trazido imposições, e tirou-me a margem de tempo necessária para o *desvio*. Não sei. O que eu sei é que no entretanto o jardim encantado estava tão infiltrado na minha cabeça que eu não o conseguia guardar só para mim.";

"Eu contei. Como é que ele se chamava? — um miúdo com ar de furão ao qual costumávamos chamar Squiff."

"Jovem Hopkins," disse eu. — "Hopkins, assim se chamava. Eu não gostei de lhe contar. Tinha a sensação de que de certa forma era contra as regras contar-lhe, mas eu fi-lo. Ele estava a caminhar parte do caminho para casa comigo; ele era falador, e se não houvéssemos falado sobre o jardim encantado teríamos falado de outra coisa qualquer, e era para mim intolerável falar de qualquer outro assunto. E eu tagarelei.";

"Pois então, ele contou o meu segredo. No dia seguinte no intervalo do recreio eu dei por mim rodeado por meia-dúzia de rapazes mais velhos, meio provocadores, e muito curiosos em ouvir mais sobre o jardim encantado. Estava lá aquele grandalhão, o Fawcett — Lembras-te dele? — e Carnaby e Morley Reynolds. Por acaso não estavas por lá? Não, eu acho que me lembraria se por lá estivesses...";

"Um menino é uma criatura de estranhos sentimentos. Eu acredito que me sentia mesmo um pouco elogiado, apesar da minha auto-repulsa, por ter a atenção daqueles grandalhões. Eu recordo-me particularmente de um momento de prazer causado pelo elogio de Crawshaw — lembras-te do grande Crawshaw, filho de Crawshaw o compositor? — que disse que aquela era a melhor mentira que já tinha ouvido. Mas ao mesmo tempo surgiu-me uma corrente de vergonha verdadeiramente dolorosa por lhe contar algo que era de facto um segredo sagrado. Aquela besta do Fawcett fez uma piada acerca da rapariga de verde —"

A voz de Wallace afundou com a memória vincada daquela vergonha. "Eu fingi que não ouvi," disse ele. "Bem, depois Carnaby, de súbito, chamou-me um jovem mentiroso, e discutiu comigo quando eu afirmei que a coisa era verdade. Eu disse que sabia onde encontrar a porta verde, e que os podia levar até lá numa questão de 10 minutos. Carnaby tornou-se escandalosamente virtuoso, e disse que eu teria de provar o que estava a dizer ou sofrer. Alguma vez o

Carnaby te torceu um braço? Então talvez entendas como correu comigo. Eu jurei que minha história era verdadeira. Já não havia ninguém na escola que pudesse salvar um tipo das manápulas de Carnaby, ainda que Crawshaw tenha dado uma palavra ou assim. Carnaby tinha o seu jogo. Eu fiquei excitado e com as orelhas vermelhas, e um pouco assustado. Eu comportei-me completamente como um pequeno tipo idiota, e o resultado de tudo aquilo foi que em vez de me iniciar sozinho pelo meu jardim encantado, eu liderei mesmo o caminho — com as faces ruborizadas, as orelhas quentes, os olhos a doer, e com a minha alma desfeita numa miséria ardente e numa vergonha — para uma festa de seis colegas de escola gozões, curiosos e ameaçadores.

"Nós nunca chegámos a encontrar o muro branco e a porta verde..."

"Queres dizer...?", indaguei eu.

"Quero dizer que não a consegui encontrar. Eu tê-la-ia encontrado se pudesse.";

"E posteriormente, quando pude ir sozinho, também não a consegui encontrar. Nunca a encontrei. Parece-me que andei sempre à procura dela todo o tempo em que fui menino de escola, mas nunca dei com ela, nunca."

"Será que os colegas a tornaram desagradável?", supus-lhe.

"Brutalmente... Carnaby avançou com um Conselho para me julgar arbitrariamente por mentiras. Recordo-me de como me esgueirei para casa e subi as escadas para esconder as marcas do meu choro compulsivo. Mas quando finalmente me acabei de chorar todo até adormecer, não era por Carnaby, mas pelo jardim, pela belíssima tarde que havia desejado, pelas doces e amigáveis mulheres e pelos amigos de brincadeira que me aguardavam, e pelo jogo que esperava voltar a aprender, aquele jogo magnífico caído ao esquecimento.";

"Eu acreditava piamente que se não houvesse contado... Foram tempos difíceis depois disso, a chorar durante a noite e a fantasiar durante o dia. Eu afrouxei por dois períodos e tive más notas. Tu lembras-te? Com certeza que te lembras! Foste tu, ao bateres-me a matemática que me puseste a bulir novamente."

48

III. — Por algum tempo o meu amigo ficou a olhar silenciosamente para o núcleo vermelho do fogo. Depois disse: "Eu não voltei a vê-la até ter os meus dezassete anos.";

"Voltou a a atravessar-se no meu caminho pela terceira vez, ia eu a conduzir para Paddington a caminho de Oxford e de uma bolsa de estudos. Tive apenas um vislumbre momentâneo. Estava eu deitado sobre o toldo do meu coche a fumar um cigarro, e sem dúvida a pensar que era um homem sem propósito no mundo, e subitamente ali estava a porta, o muro, a cara sensação das coisas inesquecíveis e no entanto alcançáveis.";

"Nós passámos junto do local, eu estava demasiado tomado pela surpresa para parar o meu coche até nos termos distanciado e dobrado uma esquina. Depois tive um estranho momento, um duplo e divergente movimento da minha vontade: Bati na pequena escotilha do teto do coche que me transportava e puxei o meu braço para baixo com o propósito de puxar o meu relógio para fora. 'Sim, senhor!' disse o cocheiro elegantemente 'Ehhh — bom — nada, nada,' gritei eu. 'Engano meu! Não temos muito tempo! Continue!' E nós prosseguimos.";

"Tive a minha bolsa de estudos. E na noite que se seguiu depois disso me ter sido transmitido, eu sentei-me junto à minha lareira no meu pequeno quarto de cima, o meu estúdio, na casa de meu pai, com o seu elogio — o seu raro elogio — e os seus conselhos soaram nos meus ouvidos, e eu fumei o meu cachimbo favorito — o formidável *bulldog* da adolescência — e pensei naquela porta no longo muro branco. 'Se eu tivesse parado,' pensei, 'eu teria perdido a minha bolsa de estudos, eu teria falhado Oxford — enlameado a bela carreira que se avistava diante de mim! Começo a ver melhor as coisas!' Caí numa profunda meditação, mas não duvidei então de que esta minha carreira foi algo que mereceu sacrifícios.";

"Aqueles queridos amigos e aquela atmosfera limpa parecia-me muito doce, muito boa, mas remota. A minha atenção era agora fixar-me no mundo real. Eu vi outra porta abrir-se, a porta da minha carreira."

Ele voltou a fixar-se no fogo. A luz vermelha inflamava uma teimosa força na sua face por apenas um momento cintilante, e depois desaparecia outra vez.

"Bem," ele disse e suspirou, "eu servi essa carreira. Eu fiz muito trabalho, muito trabalho árduo. Mas eu sonhei do jardim encantado um milhar de sonhos, e vi a sua porta, ou pelo menos vislumbrei a sua porta, quatro vezes desde então. Sim, quatro vezes. Por um tempo este mundo era tão brilhante e interessante, parecia tão pleno de significado e oportunidade, que o semicerrado charme do jardim era por comparação delicado e remoto. Quem quer dar palmadinhas a panteras a caminho do jantar com mulheres bonitas e homens distintos? Eu cheguei a Londres vindo de *Oxford*, um homem que prometia audacidade e eu tentei fazer algo para me redimir. Algo... e, no entanto, tem havido deceções.";

"Por duas vezes me apaixonei — não me deterei nisso — mas certa vez, enquanto eu ia ao encontro de alguém que, eu sabia, duvidava que eu me atrevesse a aparecer, eu segui por um atalho num empreendimento através de uma estrada pouco frequentada perto de *Earl's Court*, e assim aconteceu num muro branco e uma porta verde familiar. 'Estranho!' disse eu para mim mesmo, 'mas eu pensei que este sítio era em *Campden Hill*. É o lugar que eu de alguma forma nunca conseguia encontrar, assim como *Stonehenge*, o lugar daquele sonho esquisito. E eu passei por ele com a intenção de cumprir o meu propósito. Nessa tarde não senti qualquer apelo por aquilo.";

"Tive apenas um impulso momentâneo de experimentar a porta, três passos ao lado teriam sido suficientes, ainda que eu tivesse a certeza suficiente no meu coração de que ela se abriria para mim, e depois eu pensei que fazê-lo me poderia atrasar no caminho para aquela marcação sobre a qual eu pensava ter a minha honra envolvida. Depois arrependi-me da minha pontualidade, podia pelo menos ter espreitado para dentro, pensei eu, e acenado com a mão àquelas panteras, mas eu sabia o suficiente nessa altura para não buscar de novo tardiamente aquilo que não se encontra procurando. Sim, essa vez provocou-me profundo arrependimento...";

"Anos de trabalho árduo após isso, e nunca mais sequer um relance da porta. Apenas recentemente voltei a pensar nisso. Com isso veio uma sensação assim como se um fino deslustre se houvesse espalhado pelo meu mundo. Comecei a pensar naquilo como se algo de doloroso e amargo adviesse de eu não poder voltar a rever aquela porta. Talvez eu estivesse a sofrer um pouco de excesso de trabalho, talvez fosse algo de que tinha ouvido falar como uma sensação dos quarenta. Não sei. Mas certamente o interesse brilhante que torna o esforço fácil saiu das coisas recentemente, precisamente num momento, com todos estes novos desenvolvimentos políticos, em que eu deveria estar a trabalhar. Estranho, não é? Mas eu começo mesmo a achar a vida penosa, fatigante, as suas recompensas, assim que delas me aproximo, baratas e corriqueiras. Faz algum tempo que comecei a querer o jardim de forma bastante intensa. Sim, e eu vi três vezes."

"O jardim?", questionei-o.

"Não, a porta! E não entrei!"

Ele debruçou-se sobre a mesa em direção a mim, com uma imensa tristeza na sua voz à medida que falou. "Por três vezes tive a minha oportunidade, três vezes! Se alguma vez aquela porta se me oferecer novamente, eu juro, voltarei a entrar, para fora deste tédio, para fora deste brilho seco de vaidade, para fora destas penosas futilidades. Eu irei e nunca voltarei. Desta vez eu irei ficar... Eu jurei-o, e quando chegou a hora — não fui.";

"Três vezes num ano eu passei pela porta e falhei a entrada. Três vezes no último ano.";

"A primeira vez foi na noite da divisão de assalto devido à Lei de Resgate dos Inquilinos, na qual o Governo foi salvo à melhor de uma maioria de três. Lembras-te? Ninguém do nosso lado — talvez ninguém do lado oposto — esperava o fim nessa noite. Depois o debate colapsou como cascas de ovo. Eu e Hotchkiss estávamos a jantar com o primo dele em *Brentford*; estávamos ambos desemparelhados, e fomos chamados ao telefone, e partimos imediatamente no carro a motor do primo dele. Chegámos mesmo em cima da hora, e pelo caminho passámos pelo meu muro e pela minha porta — lívida ao luar, manchada de amarelo quente à medida que o brilho dos nossos faróis a iluminava, mas inconfundível. 'Meu Deus!' gritei eu. 'O que foi?' disse Hotchkiss. 'Nada!' Eu respondi, e o momento passou.";

"'Eu fiz um enorme sacrifício,' disse eu ao homem do chicote assim que entrei. 'Todos eles o fizeram,' disse ele enquanto se apressava dali.";

"Eu não vejo como poderia ter feito de outra forma. E na ocasião seguinte foi quando eu corri para o lado da cama de meu pai para prestar a despedida aquele velho homem austero. Depois, também, os clamores da vida foram imperativos. Mas a terceira vez foi diferente; aconteceu há uma semana. Fico cheio de intensos remorsos ao recordar-me. Eu estava com Gurker e Ralphs — já não é nenhum segredo agora, sabes, que eu resolvi as diferenças que tinha com Gurker. Tínhamos estado a jantar no *Frobisher's*, e a conversa entre nós havia-se tornado íntima. A questão do meu lugar no Ministério reconstruído assentava sempre no limiar da discussão. Sim, sim. Está tudo combinado. Não precisava ainda de se falar nisso, mas não há qualquer razão para manter este segredo em relação a ti.... Sim, obrigado! Obrigado! Mas deixe-me contar-lhe a minha história.

"Depois, nessa noite as coisas ficaram essencialmente a pairar no ar. A minha posição era extremamente delicada. Eu estava profundamente ansioso por ter alguma palavra definitiva de Gurker, mas a presença de Ralphs prejudicou-me essa possibilidade. Eu estava a usar todas as melhores capacidades do meu cérebro para manter aquela conversa leve e displicente não demasiado obviamente dirigida ao ponto que me importava. Eu tinha de o fazer. O comportamento de Ralphs desde então mais do que justificava a minha precaução... Eu sabia que Ralphs nos deixaria depois de *Kensington High Street*, e depois eu poderia surpreender Gurker com uma franqueza súbita. Por vezes temos de fazer uso destas pequenas habilidades. E foi depois que na margem do meu campo de visão eu me apercebi uma vez mais do muro branco, a porta verde diante de nós ao fundo do caminho.";

"Passámos por ela na conversa. Passei por ela. Ainda consigo ver a sombra do perfil marcado de Gurker, o seu chapéu de ópera inclinado para a frente sobre o seu nariz proeminente, as muitas pregas do seu pescoço que iam diante da minha sombra e da de Ralphs enquanto navegávamos pelo passado.";

"Eu passei a uns cinquenta centímetros da porta. 'Se eu lhes desejar boa noite, e se entrar,' perguntei a mim mesmo, 'o que irá acontecer?' E eu que estava em pulgas para ter aquela palavra com Gurker.";

"Eu não podia responder àquela questão no emaranhado dos meus outros problemas. 'Eles vão pensar que estou louco,' foi o que me atravessou o pensamento. 'E supondo que eu desaparecia agora! — seria notícia: O surpreendente desaparecimento de um proeminente político!' Isso pendeu sobre mim. Uns milhares de inconcebíveis mesquinhezas mundanas pesaram em cima de mim naquela crise."

Depois ele virou-se para mim com um sorriso tristonho, e, falando vagarosamente, "Aqui estou eu!" disse ele.

"Aqui estou eu!" repetiu ele, "e a minha oportunidade desapareceu-se-me. Três vezes num ano a porta me foi oferecida, a porta que leva à paz, ao deleite, até uma beleza para lá do que se possa sonhar, uma bondade que nenhum homem na Terra consegue conhecer. E eu rejeitei-a, Redmond, e desapareceu..."

"Como é que sabes?", ripostei-lhe.

"Eu sei. Eu sei. Agora resta-me resolver, agarrar-me às tarefas que me detiveram tão fortemente quanto os meus momentos surgiram. Tu dizes que tenho sucesso — essa coisa vulgar, mesquinha, tediosa, invejada. Eu tenho-o." Ele tinha uma noz na sua grande mão. "Se fosse esse o meu sucesso," disse ele, e esmagou-a, e exibiu-a de forma que eu visse.

"Deixa-me dizer-te uma coisa, Redmond. Esta perda está a destruir-me. Por dois meses, por quase dez semanas que se perfazem agora, eu não trabalhei de todo, exceto relativamente aos mais urgentes e necessários deveres. A minha alma está cheia de inapeláveis arrependimentos. Durante as noites — quando é menos provável que eu seja reconhecido — eu saio de casa. Eu vagueio. Sim. Imagino o que as pessoas pensariam disso se soubessem. Um Ministro do Governo, a cabeça responsável daquele departamento mais vital de todos os departamentos, a vaguear sozinho — lamentando-se — por vezes de uma forma quase audível — por uma porta, por um jardim!"

IV. — Eu consigo agora ver a sua cara pálida, e o sóbrio fogo desconhecido que havia tomado conta dos seus olhos. Eu vejo-o muito vividamente esta noite. Sento-me a recordar as suas palavras, os seus tons, e o *Westminster Gazette* ainda está pousado sobre o meu sofá, com a notícia da sua morte. Hoje ao almoço o clube estava agitado com a sua morte. Não se falava de outra coisa.

Encontraram o seu corpo ontem de manhã muito cedo numa escavação profunda perto de *East Kensignton Station*. É um dos dois poços que foram feitos em ligação com uma extensão da linha férrea para sul. Está protegido contra a intrusão do público por um amontoado ao alto da estrada, na qual foi aberta uma pequena porta de passagem para conveniência de alguns dos trabalhadores que vivem nessa direção. A porta de passagem foi deixada destrancada devido a um desentendimento entre dois bandidos, e ele fez o seu caminho através dela.

A minha mente está obscurecida com questões e enigmas.

Quer parecer que ele andou todo aquele caminho desde a Casa dos Comuns nessa noite — ele tem frequentemente caminhado para casa durante a última Sessão — e assim é, eu imagino a sua figura sombria a vir por ali fora a horas tardias pelas ruas vazias, embrulhado, obstinado. E depois terão as luzes elétricas pálidas perto da estação provocado engano e confundido a tábua grosseira com um semblante branco? Terá aquela fatal porta destrancada despertado alguma memória?

Haveria de todo, afinal de contas, alguma vez uma qualquer porta verde?

Eu não sei. Eu contei esta história como ele me a contou a mim. Há momentos em que acredito que Wallace não era mais do que a própria vítima da coincidência entre uma rara, mas não sem precedentes, espécie de alucinação e uma armadilha negligente, mas esse não é de facto o meu mais profundo credo. Podeis-me achar supersticioso, se vos aprouver, e néscio; mas, de facto, eu estou na maior parte de mim mais convencido de que tinha, na verdade, um dom para lá do normal, e uma noção, algo — não sei exatamente o quê — que disfarçado de muro e de porta lhe oferecia um escape para um outro mundo absolutamente mais belo. Em todo o caso, vós direis, acabou por o trair no seu fim. Mas será que realmente o traiu? Aí tocais o mais recôndito mistério desses sonhadores, esses homens de visão e imaginação. Vemos o nosso mundo justo e comum, o açambarcamento e o fosso. Pelo nosso padrão diurno, ele caminhou para fora da zona de segurança até à escuridão, o perigo, e a morte.

Mas será que ele o via assim?

FIM

EM TERRA DE CEGOS

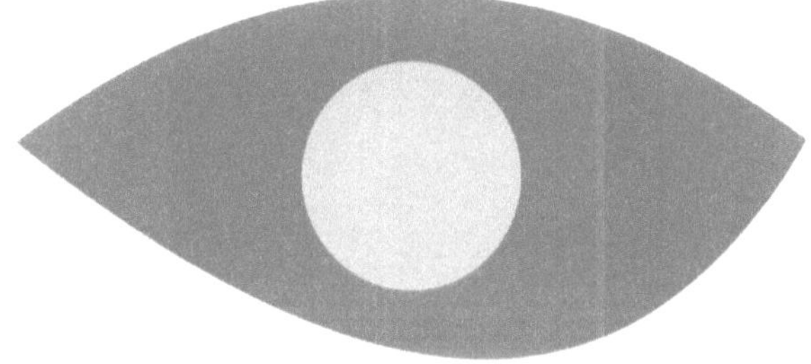

A trezentos quilómetros ou mais de Chimborazo, cem das neves de Cotopaxi, nas regiões mais selvagens dos Andes do Equatorianos, aí repousa esse misterioso vale montanhoso, isolado do mundo dos homens, a Terra dos Cegos. Há muitos anos esse vale permanecia tão completamente aberto ao mundo que os homens podiam por fim lá chegar através de desfiladeiros assustadores e sobre passagens geladas até às suas pacíficas pastagens; e até ali os homens chegaram, uma família ou mais de mestiços peruanos que fugiram da luxúria e da tirania do diabólico regedor espanhol. Depois veio a esplendida erupção do Mindobamba*, quando se fez noite por setenta dias em Quito, e a água fervia em Yaguachi e todo o peixe que flutuava morria até em sítios tão longínquos como Guayaquil; por toda a parte ao longo das encostas do Pacífico houve deslizamentos de terra e desgelos rápidos e cheias repentinas, e um lado completo do velho cume de Arauca resvalou e caiu com tamanho estrondo qual um trovão, e isolou a Terra dos Cegos dos pés exploradores dos homens para sempre. Mas a um desses primeiros colonos calhou a sorte de estar para cá dos desfiladeiros onde o mundo havia tão terrivelmente estremecido, e teve forçosamente de esquecer a sua esposa e a sua prole, e todos os amigos e posses que foi obrigado a deixar lá em cima, e teve de recomeçar a sua vida no mundo inferior. Ele recomeçou, mas doente, a cegueira tomou conta dele, e morreu de castigo nas minas; mas a história que ele contou tornou-se uma lenda que se espalhou ao longo de toda a Cordilheira dos Andes até aos dias de hoje.

Ele contou sobre a razão da sua volta da aventura naquele local recôndito, para o qual inicialmente havia sido levado amarrado a um lhama, ao lado de um vasto fardo de equipamentos, quando era ainda criança. O vale, contou ele, tinha em si tudo o que o coração pode desejar — água doce, pastagens, e um clima equilibrado, encostas de solo castanho rico com entrelaçamentos de um arbusto que dava um excelente fruto, e de um lado grandes florestas suspensas de pinheiros que seguravam as avalanches à distância. Bem por cima, em três lados, vastas falésias de rocha cinzenta e verde estavam cobertas por falésias de gelo; mas a corrente do glaciar não vinha até elas, antes corria para longe pelas encostas mais distantes, e só de vez em quando as enormes massas de gelo caíam no lado do vale. Neste vale nem chovia nem nevava, mas as nascentes abundantes ofereciam um rico pasto verde, e a irrigação espalhava-se por todo o espaço do vale. Os colonos prosperavam realmente ali. Os seus animais cresciam saudáveis e multiplicavam-se, e apenas uma coisa tolhia a sua felicidade. No entanto, era o suficiente para a tolher significativamente. Foram atingidos por uma estranha doença, e que atingia todas as crianças que ali nasciam — e até mesmo crianças mais velhas — e lhes provocava cegueira. Foi na busca de algum encanto ou antídoto contra aquela praga de cegueira que ele havia com muita fadiga e perigo e dificuldade regressado abaixo o desfiladeiro. Nesses tempos, em tais casos, as pessoas não pensavam em germes ou infeções, mas em pecados; e parecia-lhe que a razão daquela aflição deveria residir na negligência daqueles emigrantes sem privilégios religiosos por não terem construído um santuário assim que chegaram ao vale. Ele queria um santuário—bonito, barato, eficaz—a ser erigido no vale; ele queria relíquias e coisas tais de poderosa fé, objetos abençoados e medalhas e orações misteriosas. Na sua carteira ele trazia uma barra de prata nativa pela qual não quis prestar contas; insistiu que não havia nenhuma no vale com algo da insistência de um mentiroso inexperiente. Todos eles haviam juntado o seu dinheiro e ornamentos, tendo pouca necessidade de tal tesouro lá em cima, disse ele, para lhes comprar ajuda divina para tratar os seus doentes. Imagino que este jovem alpinista de olhos escuros, queimado pelo sol, manhoso, e ansioso, com o chapéu preso febrilmente, um homem completamente desabituado dos caminhos do mundo inferior, contando esta história a um qualquer padre atento com olhos de ver perante a grande convulsão; posso imaginá-lo presentemente a procurar regressar com remédios piedosos e infalíveis contra esse problema, e o desespero infinito com que ele deve ter enfrentado a imensidão tombada de onde o desfiladeiro outrora havia saído. Mas o que resta desta história de infortúnios perdeu-se em mim, salvo que eu sei desta amaldiçoada morte após muito anos. Pobre desgarrado daquele distanciamento. O ribeiro que outrora tinha feito o desfiladeiro rebenta agora da boca de uma caverna rochosa, e a lenda da sua pobre e mal contada história desenvolve-se através de uma lenda sobre um povo de homens cegos algures "ali" que ainda se pode ouvir nos dias de hoje.

E entre a pequena população daquele agora isolado e esquecido vale, a doença seguiu o seu curso. Os mais velhos ficaram aos apalpões e cegos, os mais novos viam, mas com dificuldade, e as crianças que deles nasceram nunca viram de todo. Mas a vida era muito fácil naquela bacia nevada, perdida para todo o mundo, sem espinhos nem silvas, sem insetos malignos nem animais bestiais, exceto a gentil raça de lhamas que tinham arrastado e empurrado e seguido os leitos dos rios encolhidos nos desfiladeiros que tinham subido. A visão tinha-se esvanecido tão gradualmente cega que quase não se aperceberam da sua perda. Guiaram os jovens sem visão aqui e acolá até conhecerem maravilhosamente todo o Vale, e quando finalmente desapareceu o último golpe-de-vista entre eles, a raça continuou a viver no meio. Tiveram até mesmo o tempo para se adaptarem ao controlo cego do fogo, que faziam cuidadosamente em fogões de pedra. Eram uma simples estirpe de pessoas no início, iletradas, apenas ligeiramente tocadas pela civilização espanhola, mas com algo de uma tradição das artes do velho Peru e da sua filosofia perdida. Seguiu-se geração após geração. Eles esqueceram muitas coisas; eles conceberam muitas coisas. A sua tradição do mundo ao redor de onde haviam vindo tornou-se mística em cor e incerteza. Eles eram fortes e hábeis em todas as coisas salvo a visão, e, inclusivamente, a hipótese de nascimento e hereditariedade fez com que um deles, que tinha uma mente original e que era capaz de falar e ter capacidade de persuasão entre os demais, passasse de um para o outro. Estes dois faleceram, deixando os seus efeitos, e a pequena comunidade cresceu em número e em compreensão, e enfrentou e resolveu os problemas sociais e económicos que surgiram. Seguiu-se geração após geração. Veio então uma época em que uma criança nascida era de quinze posteriores ao antepassado que saiu do vale com uma barra de prata em busca da ajuda de Deus, e que nunca regressou. Por volta dessa época aconteceu que um homem chegou a esta comunidade vindo do mundo exterior. E esta é a história desse homem.

Ele era um montanheiro das zonas rurais perto de Quito, um homem que havia andado embarcado pelo mar e havia visto mundo, um leitor de livros de uma forma original, um homem perspicaz e empreendedor, e ele foi levado por um grupo de ingleses que tinha ido ao Equador para escalar montanhas, tomando o lugar de um dos três guias suíços que havia adoecido. Ele escalou por aqui e por acolá, e depois surgiu a tentativa de Parascotopetl, o Monte Cervino[3] dos Andes; em que ele se perdeu do mundo exterior. A história do acidente já foi escrita uma dúzia de vezes. A narrativa de Pointer é a melhor. Ele conta como o pequeno grupo ultrapassou as suas dificuldades e subiu quase verticalmente até ao último passo do mais alto e grandioso precipício, e de como construíram um abrigo noturno no meio da neve sobre uma pequena prateleira de pedra, e, com um toque de um poder realmente dramático, como deram pela evidência de Nunez ter desaparecido da expedição. Eles gritaram, e não houve qualquer resposta; gritaram e assobiaram, e não conseguiram pregar olho o resto da noite.

Ao irromper da manhã eles deram com vestígios da sua queda. Pareciam impossível que ele pudesse ter

---

[3] Montanha nos Alpes

emitido qualquer som. Tinha escorregado para leste em direção ao lado desconhecido da montanha; bastante abaixo tinha atingido uma encosta íngreme de neve, e afundou-se no meio de uma avalanche de neve. As suas pisadas iam diretas ao limite de um assombroso precipício, e para lá disso nada se conseguia vislumbrar. Longe, muito abaixo, e nebuloso com a distância, podiam ver árvores a sair de um vale estreito e fechado — a perdida Terra dos Cegos. Mas não sabiam que era a perdida Terra dos Cegos, nem a distinguiam de forma alguma de qualquer outra estreita faixa do vale de montanha. Desencorajados por esta catástrofe, abandonaram a sua tentativa da tarde, e Pointer foi chamado para a guerra antes de poder fazer outra tentativa. Até aos dias de hoje Parascotopetl ergue um cume por conquistar, e o abrigo de Pointer desmorona-se sem que seja visitado no meio das neves.

E o homem que caiu sobreviveu.

No limiar da encosta ele caiu uns 300 metros, e desceu no meio de uma nuvem de neve sobre uma encosta de neve ainda mais íngreme do que a de acima. Por aqui foi rodopiando, atordoado e insensível, mas sem um osso partido no seu corpo; e depois finalmente chegou a declives mais suaves, e finalmente rolou e ficou quieto, enterrado no meio de um amontoado amolecido das massas brancas que o tinham acompanhado e salvo. Ele veio a si com uma fantasia obscura de que estava doente na cama; depois apercebeu-se da sua posição com a inteligência de um montanhista, e conseguiu soltar-se, depois de algum descanso, até conseguir ver as estrelas. Descansou deitado sobre o peito por um bocado, perguntando-se onde estava e o que lhe tinha acontecido. Sentiu os seus membros, e descobriu que vários dos seus botões tinham desaparecido e que o seu casaco se lhe tinha virado sobre a cabeça. A sua faca tinha desaparecido do seu bolso e o seu chapéu tinha-se perdido, embora o tivesse amarrado debaixo do queixo. Recordou-se que tinha estado à procura de pedras soltas para levantar a sua parte da parede do abrigo. A sua picareta-de-gelo havia desaparecido.

Ele concluiu que deveria ter caído, e olhou para cima para ver, exacerbado pela luz sinistra da lua nascente, o tremendo voo que ele havia protagonizado. Durante algum tempo, deitou-se, olhando vagamente para aquele vasto penhasco pálido que se elevava por cima, subindo momento a momento de uma maré submersa de escuridão. A sua beleza fantasmagórica e misteriosa prendeu-o por um pouco, e depois foi apanhado com um paroxismo de gargalhadas soluçantes...

Após um grande intervalo de tempo, ele tomou consciência de que estava perto da borda inferior da neve. Abaixo, no que era agora uma encosta lunar e praticável, ele viu o aspeto escuro e quebrado da turfa rochosa. Lutou com todos os seus meios, doendo-se em cada articulação e membro, desceu dolorosamente da neve solta que o rodeava, desceu até estar na turfa, e lá caiu em vez de se deitar ao lado de uma rocha, bebeu profundamente do *flask* no seu bolso interior, e adormeceu instantaneamente...

Ele acabou por despertar com o canto dos pássaros nas árvores bem lá ao fundo.

Sentou-se e percebeu que estava num pequeno alpendre ao pé de um vasto precipício, que foi sulcado pelo barranco em que ele e a sua neve tinham vindo. Contra ele, outra parede de rocha se erguia contra o céu. O desfiladeiro entre estes precipícios corria para leste e oeste e estava cheio da luz do sol da manhã, que iluminava para oeste a massa de montanha caída que fechava o desfiladeiro descendente. Por baixo dele parecia haver um precipício igualmente íngreme, mas por detrás da neve no barranco ele encontrou uma espécie de fenda de chaminé a pingar com a água da neve que um homem desesperado mais poderia desejar. Ele achou mais fácil do que parecia, e chegou finalmente a outro pico isolado, e depois, após uma subida de rocha sem dificuldades de maior, a uma encosta íngreme de árvores. Ele tomou o seu rumo e virou o rosto para cima na direção do desfiladeiro, pois viu-o abrir-se acima sobre prados verdes, entre os quais vislumbrava agora de forma bem distinta um aglomerado de cabanas de pedra com formas desconhecidas. Por vezes, o seu progresso era como o de subir a face de um muro, e após um tempo o sol nascente deixou de bater ao longo do desfiladeiro, as vozes das aves cantoras morreram, e o ar tornou-se frio e escuro à sua volta. Mas o vale distante com as suas casas era o maior dos brilhos daquilo. Chegou ao talude, e entre as rochas notou — pois era um homem observador — um feto desconhecido que parecia agarrar-se às fendas com mãos verdes intensas. Ele pegou numa fronde do feto e roeu-lhe o caule sentindo que o havia ajudado.

Por volta do meio-dia ele saiu finalmente da garganta do desfiladeiro para a planície e para a luz do sol. Estava dorido e cansado; sentou-se à sombra de uma rocha, encheu o seu *flask* com água de uma nascente e bebeu-a, e aí permaneceu durante algum tempo a descansar antes de ir na direção das casas.

Elas eram muito estranhas a seus olhos, e de facto todo o aspeto daquele vale se tornou, como ele o considerava, cada vez mais estranho e desconhecido. A maior parte da sua superfície era um luxuriante prado verde, estrelado com muitas flores bonitas, irrigado com um cuidado extraordinário, e com provas de cultivo sistemático pedaço a pedaço. No alto do vale e ressoando sobre ele havia um muro, o que parecia ser um canal de água circunferencial, do qual vinham as pequenas gotas de água que alimentavam as plantas dos prados, e nas encostas mais altas acima destes, bandos de lhamas comiam a erva escassa. Barracões, aparentemente abrigos ou locais de alimentação para os lhamas, encostaram-se aqui e ali no muro limítrofe. Os regatos de irrigação corriam juntos para um canal principal em baixo no centro do vale, e isto encontrava-se encerrado de ambos os lados por um muro de peito alto. Isto dava um cariz singularmente urbano a este lugar isolado, um cariz que se reforçava muito pelo facto de um certo número de caminhos estarem pavimentados com pedras pretas e brancas, cada um deles com um pequeno passeio curioso de lado, e que corriam para cá e para lá de forma ordeira. As casas da aldeia central eram bastante diferentes do aglomerado casual e desregrado das aldeias de montanha que conhecia; estavam numa fila contínua de ambos os lados de uma rua central detentora de uma limpeza espantosa; aqui e ali as suas fachadas particoloridas eram atravessadas por uma porta, e nem uma janela solitária quebrava as suas fachadas uniformes. Eram particoloridas com uma irregularidade extraordinária, manchadas com uma espécie de estuque que às vezes era cinzento, às vezes pardacento, às vezes de cor de ardósia ou castanho-escuro; e era a visão deste estuque selvagem que primeiro trouxe a palavra "cego" para os pensamentos do explorador. "O bom homem que fez isto," pensou ele, "devia ser cego como uma toupeira."

Desceu uma zona íngreme, e assim chegou à parede e ao canal que rodeava o vale, perto de onde este último jorrou o seu conteúdo excedente para as profundezas do desfiladeiro, num fino e ondulante fio de cascata. Ele podia agora ver uma quantidade de homens e mulheres a descansar em montes de erva empilhada, como se estivessem a fazer uma sesta, na parte mais remota do prado, e mais perto da aldeia um certo número de crianças reclinadas, e depois mais à mão de semear três homens carregando baldes em cangas ao longo de um pequeno caminho que corria do muro de contorno em direção às casas. Estes últimos estavam vestidos com peças de vestuário feitas de tecido de lhama e botas e cintos de couro, e usavam toucas de tecido com abas nas costas e nas orelhas. Seguiam-se em fila única, caminhando devagar e bocejando enquanto caminhavam, como homens que estiveram acordados toda a noite. Havia algo tão tranquilizador, próspero e respeitável no seu porte que, após um momento de hesitação, Nunez avançou o mais conspicuamente possível sobre a sua rocha, e deu vazão a um poderoso grito que ecoou à volta do vale.

Os três homens pararam, e moveram as suas cabeças como se estivessem a olhar uns para os outros. Viraram as suas caras para um lado e para o outro, e Nunez gesticulou com grande liberdade. Mas eles não pareceram vê-lo apesar de todos os seus gestos, e um pouco depois, dirigindo-se na direção das montanhas ao longe para a direita, eles gritaram como se estivessem a responder. Nunez berrou de novo, e depois mais uma vez, e enquanto gesticulava ineficazmente, a palavra "cego" subiu ao topo dos seus pensamentos. "Os imbecis devem ser cegos," disse ele.

Quando finalmente, após muitos gritos e ira, Nunez cruzou o riacho por uma pequena ponte, atravessou um portão no muro, e aproximou-se deles, ele tinha a certeza de que eles eram cegos. Ele estava convicto de que esta era a Terra dos Cegos de que as lendas falavam. A convicção acabou por dominá-lo, e uma sensação de grande e bastante invejável aventura que se colocava diante dele. Os três estavam lado a lado, não olhando para ele, mas com os ouvidos voltados para ele, julgando-o pelos seus passos nada familiares. Mantiveram-se juntos como homens ligeiramente amedrontados, e ele podia ver as suas pálpebras fechadas e afundadas, como se as próprias bolas por baixo tivessem encolhido. Havia uma expressão quase assustadora nos seus rostos.

"Um homem," disse um deles, em espanhol dificilmente reconhecível — "um homem, é um homem ou um espírito que desceu das rochas."

Mas Nunez avançou com os passos confiantes de um jovem que se faz à vida. Todas as velhas histórias sobre o vale perdido e a Terra dos Cegos lhe vieram à cabeça, e através dos seus pensamentos correu este velho provérbio, como se fosse um refrão:

"Em Terra de Cegos quem tem olho é Rei."

"Em Terra de Cegos quem tem olho é Rei."

E muito civilizadamente ele cumprimentou-os. Falou com eles e fez uso dos seus olhos.

"De onde é que ele vem, irmão Pedro?" perguntou um.

"Desceu das rochas."

"Eu venho das montanhas," disse Nunez, "das terras do lado de lá onde os homens conseguem ver.

De perto de Bogotá, onde há centenas de milhares de pessoas, e onde a cidade cresce até se perder de vista."

"Vista?" murmurou Pedro. "Vista?"

"Ele vem," disse o segundo homem cego, "de fora das rochas."

Nunez notou que o pano dos seus casacos havia sido curiosamente confecionado, cada um com um tipo de costura diferente.

Assustaram-no com um movimento simultâneo na sua direção, cada um com uma mão estendida. Ele afastou-se do avanço disperso desses dedos.

"Vem cá," disse o terceiro homem cego, seguindo o seu movimento e agarrando-o com cuidado.

Seguraram Nunez e apalparam-no, não dizendo mais nada até que o tivessem terminado de fazer.

"Com cuidado," pediu ele, com um dedo no seu olho, e descobriram que aquele órgão, com as suas pálpebras agitadas, era uma coisa estranha nele. Voltaram a tocá-lo novamente.

"Uma estranha criatura, Correa," disse aquele que se chamava Pedro. "Sinta a rudeza do seu cabelo. Parece pelo de lhama."

"Ele é duro como as pedras de onde brotou," disse Correa, enquanto investigava o queixo não barbeado de Nunez com uma mão suave e ligeiramente húmida. "Talvez ao crescer fique mais fino." Nunez resistiu um pouco perante a examinação deles, mas agarraram-no firmemente.

"Com cuidado," disse ele outra vez.

"Ele fala," disse o terceiro homem. "Com certeza que ele é um homem."

"Oh!" disse Pedro ao sentir a aspereza do casaco dele.

"E tu vieste ao mundo?" perguntou Pedro.

"Fora do mundo. Para lá das montanhas e dos glaciares, mesmo de acima dali, a meio-caminho do sol. Vindo do grande mundo que desce, a doze dias de viagem para o mar."

Eles mal pareciam dar-lhe atenção. "Os nossos pais disseram-nos que os homens podem ser criados pelas forças da Natureza," disse Correa. "É o calor das coisas e a humidade, e o apodrecimento, o próprio apodrecimento."

"Vamos levá-lo aos anciãos," disse Pedro.

"Grita primeiro," disse Correa, "para que as crianças não fiquem assustadas... Esta é uma ocasião magnífica."

E assim eles gritaram, e Pedro foi primeiro enquanto levava Nunez pela mão guiando-o até às casas.

Ele tirou a mão. "Eu consigo ver," disse ele.

"Ver?" indagou Correa.

"Sim, ver," disse Nunez virando-se na direção dele e tropeçando no balde de Pedro.

"Os seus sentidos ainda são imperfeitos," disse o terceiro homem cego. "Ele tropeça, e fala palavras sem significado. Guia-o pela mão."

"Como preferires," disse Nunez, e foi levado por ali fora enquanto se ria.

Ao que se poderia verificar eles nada sabiam sobre a visão.

Bem, no seu devido tempo ele viria a ensiná-los.

Ouviu pessoas a gritar, e viu várias figuras a juntarem-se no meio da estrada da aldeia.

Deparou-se com a população da Terra dos Cegos, o que lhe custou mais nervo e paciência do que havia previsto. O lugar parecia maior à medida que se aproximava dele, e os estuques manchados mais estranhos, e uma multidão de crianças e homens e mulheres (as mulheres e raparigas, ele satisfez-se por notar, tinham alguns deles rostos bastante doces, pois todos os seus olhos estavam fechados e afundados) aproximavam-se dele, agarrando-se a ele, tocando-o com as mãos suaves e sensíveis, cheirando-o, e ouvindo cada palavra que ele falava. Algumas das donzelas e crianças, contudo, mantiveram-se afastadas como se tivessem medo, e de facto a sua voz parecia grosseira e rude ao lado das suas notas vocais mais suaves. Cercaram-no. Os seus três guias mantiveram-se junto a ele passando a ideia de propriedade, e repetiram uma vez atrás da outra, "Um homem selvagem brotado das rochas."

"Bogotá," disse ele. "Bogotá. Para lá dos picos da montanha."

"Um homem selvagem, a usar palavras selvagens," disse Pedro. "Ouviste aquilo, Bogotá? O cérebro dele ainda mal se está a formar. Ainda só tem os princípios do discurso."

Um pequeno miúdo mordeu-lhe a mão. "Bogotá!" troçou ele.

"Ai!" queixou-se ele. "Uma cidade em comparação à vossa aldeia. Eu venho do grande mundo, onde os homens têm olhos e veem."

"O nome dele é Bogotá," disseram eles.

"Ele tropeçou," disse Correa, "tropeçou duas vezes quando vínhamos para cá."

"Tragam-no até aos anciãos."

E eles empurraram-no de repente através de uma porta para uma sala tão negra quanto o breu, exceto que ao fundo um fogo brilhava levemente. A multidão fechou-se atrás dele e apagou tudo menos o mais leve vislumbre do dia, e antes que ele pudesse segurar-se já tinha caído de cabeça sobre os pés de um homem sentado. O seu braço, arremessado, atingiu o rosto de outra pessoa enquanto ele descia; sentiu o suave impacto das feições e ouviu um grito de raiva, e por momentos ele lutou contra um número de mãos que o apertaram. Foi uma luta unilateral. Deu conta de um indício da situação, e ficou quieto.

"Eu caí,", disse ele; "Não conseguia ver nesta escuridão de breu."

Houve uma pausa, como se as pessoas invisíveis em volta dele tentassem perceber o que tinha acabado de dizer. Depois a voz de Correa disse: "Ele acabou de se formar. Ele tropeça enquanto caminha e mistura palavras no seu discurso que nada querem dizer."

Outros também diziam coisas sobre ele que mal ouvia ou compreendia de forma muito imperfeita.

"Posso-me levantar?" pediu ele numa pausa. "Eu não vos voltarei a resistir."

Eles consultaram-se e deixaram-no erguer-se.

A voz de um homem mais velho começou a questioná-lo, e Nunez viu-se a tentar explicar o grande mundo do qual tinha caído, e o céu e as montanhas e a vista e outras tais maravilhas, a estes anciãos que se sentaram na escuridão na Terra dos Cegos. E eles não acreditariam nem compreenderiam nada do que ele lhes dissesse, algo de completamente fora das suas expectativas. Eles nem sequer compreendiam muitas das palavras que ele expressava. Durante catorze gerações estas pessoas tinham estado cegas e isoladas de todo o mundo que via; os nomes de todas as coisas da visão tinham desaparecido e mudado; a história do mundo exterior tinha desaparecido e mudado para a história de uma criança; e tinham deixado de se preocupar com qualquer coisa para além das encostas rochosas acima do seu muro circundante. Homens cegos com grande génio tinham surgido entre eles e questionavam os pedaços de crença e tradição que tinham trazido consigo dos seus dias de ver, e tinham descartado todas estas coisas como fantasias ociosas, e substituíram-nas por novas e mais sãs explicações.

Grande parte da sua imaginação tinha enrugado com os olhos, e tinham feito para si novas imaginações com os seus ouvidos e com as pontas dos dedos cada vez mais sensíveis. Lentamente Nunez compreendeu isto; que a sua expetativa de maravilha e reverência da sua origem e dos seus dons não era para ser confirmada; e depois da sua infeliz tentativa de lhes explicar a visão ter sido posta de lado como a versão confusa de um ser recém-criado descrevendo as maravilhas das suas sensações incoerentes, ele cedeu, um pouco frustrado, a ouvir as suas instruções. E o mais velho dos cegos explicou-lhe a vida, a filosofia e a religião, como o mundo (significando o seu vale) tinha sido primeiro um buraco vazio nas rochas, e depois tinham vindo, primeiro, coisas inanimadas sem o dom do tato, e lhamas e algumas outras criaturas que tinham pouco sentido, e depois homens, e finalmente anjos, a quem se podia ouvir cantar e fazer sons vibrantes, mas que ninguém podia tocar, o que intrigou muito Nunez até que ele pensou nos pássaros.

Prosseguiu dizendo a Nunez como este tempo tinha sido dividido entre o quente e o frio, que são os equivalentes cegos do dia e da noite, e como era bom dormir no quente e trabalhar durante o frio, de modo que agora, mas para o seu advento, toda a cidade dos cegos estaria a dormir. Ele disse que Nunez deveria ter sido especialmente criado para aprender e servir a sabedoria, que eles tinham adquirido, e que por toda a sua incoerência mental e comportamento de tropeço ele deveria ter coragem, e fazer o seu melhor para aprender, e perante isso todas as pessoas junto da porta murmuraram encorajadoramente. Ele disse que a noite — para os cegos, a chamada noite diurna — estava agora muito longe, e que era preciso que todos voltassem a dormir. Perguntou a Nunez se ele sabia dormir, e Nunez disse que sabia, mas que antes de dormir queria comida.

Trouxeram-lhe comida — leite de lhama numa tigela, e pão áspero salgado — e levaram-no para um lugar solitário, para comer fora do alcance dos seus ouvidos, e depois para adormecer até que o frio da noite da montanha os despertou para que recomeçassem o seu dia. Mas Nunez não pregou olho de todo.

Em vez disso, sentou-se no local onde o tinham deixado, descansando os seus membros e revirando na sua mente as circunstâncias imprevistas da sua chegada, vezes sem conta.

De vez em quando ele ria, às vezes com divertimento, outras vezes com indignação.

"Mente sem formação!" disse ele. "Ainda não tem sentidos! Mal eles sabem que tem estado a insultar o seu rei e mestre enviado pelos céus. Acho que tenho que os chamar à razão. Deixa-me cá pensar—deixa-me cá pensar."

Ele ainda estava a pensar quando o sol se pôs.

Nunez tinha um olho para todas as coisas belas, e pareceu-lhe que o brilho sobre os campos de neve e glaciares que se erguiam sobre o vale de todos os lados era a coisa mais bela que alguma vez tinha visto. Os seus olhos passaram daquela glória inacessível para a aldeia e campos irrigados, afundando-se rapidamente no crepúsculo, e de repente uma onda de emoção tomou-o, e ele agradeceu a Deus do fundo do seu coração que o poder da visão lhe houvera sido dado.

Ouviu uma voz a chamar-lhe de fora da aldeia. "Eh, oh, tu aí, Bogotá! Achega-te!"

E ao ouvir isso ele levantou-se com um sorriso na cara. Ele iria mostrar a essa gente de uma vez por todos o que a visão podia fazer por um homem. Eles iriam procurá-lo, mas não o conseguiriam encontrar.

"Não te mexas, Bogotá," disse a voz.

Ele riu-se baixinho, e deu dois passos sorrateiros para fora do caminho.

"Não pises a relva, Bogotá; isso não é permitido.

Nunez mal tinha ouvido o som que ele próprio tinha feito. Ele deteve-se espantado.

O dono da voz foi a correr pelo caminho liso na direção dele.

Ele deu um passo atrás de volta ao caminho. "Aqui estou eu," disse ele.

"Porque não vieste quando te chamei?" disse o homem cego. "Tens que ser guiado como uma criança?" Não consegues ouvir o caminho à medida que andas?"

Nunez riu-se. "Eu consigo ver o caminho," disse ele.

"Tal palavra como 'ver' não existe," disse o cego, após uma pausa. "Cessa essa palermice, e segue o som dos meus pés."

Nunez seguiu, um pouco irritado.

"Chegará a minha hora," disse ele.

"Irás aprender," respondeu o cego. "Há muito o que aprender no mundo."

"Ninguém lhe disse ainda, 'Em Terra de Cegos quem tem olho é rei'?"

"O que é 'cego'?" perguntou o cego despreocupadamente sobre o seu ombro.

Quatro dias passaram, e ao quinto dia o Rei dos Cegos ainda se encontrava incógnito, como um estrangeiro desastrado e inútil entre os seus súbditos.

Acabou por descobrir que era muito mais difícil autoproclamar-se do que havia presumido, e, entretanto, enquanto meditava o seu golpe de estado, fez o que lhe foi dito e aprendeu os modos e costumes da Terra de Cegos. Ele achou que trabalhar e andar por ali à noite era uma coisa particularmente incómoda, e decidiu que isso deveria ser a primeira coisa a mudar.

Eles levavam uma vida simples e laboriosa, esta gente, com todos os elementos da virtude e da felicidade, na medida em que essas coisas podem ser compreendidas pelo ser humano. Eles laboravam, mas não opressivamente; eles tinham comida e roupa suficiente para as suas necessidades; eles tinham dias e épocas de descanso; eles criavam grandes momentos de música e de canto, e havia amor entre eles, e pequenas crianças.

Era maravilhoso perceber a confiança e a precisão com que eles circulavam pelo seu mundo organizado. Tudo, como pode ver, tinha sido feito para se adaptar às suas necessidades; cada um dos caminhos radiantes da área do vale tinha um ângulo constante em relação aos outros, e distinguia-se por um entalhe especial no seu corte; todos os obstáculos e irregularidades do caminho ou prado tinham sido afastados há muito tempo; todos os seus métodos e procedimentos surgiram naturalmente das suas necessidades especiais. Os seus sentidos tinham-se tornado maravilhosamente apurados; podiam ouvir e julgar o mais pequeno gesto de um homem a uma dúzia de passos de distância — podiam ouvir o próprio bater do seu coração.

A entoação havia substituído há muito tempo a expressão entre eles, e o tocar havia substituído o gesto, e o seu trabalho com enxada, pá e forquilha era tão livre e confiante como o trabalho de jardim pode ser. O seu olfato era extraordinariamente apurado; conseguiam distinguir as diferenças individuais tão prontamente tal como um cão pode, e andavam por entre os lhamas, que viviam entre as rochas acima e vinham ao muro para se alimentarem e abrigarem, com facilidade e confiança.

Foi apenas quando finalmente Nunez procurou afirmar-se que descobriu como os movimentos deles podiam ser fáceis e confiantes.

Ele só se revoltou depois de ter tentado a persuasão.

No início, tentou em várias ocasiões falar-lhes da visão. "Prestem bem atenção, gente," disse ele. "Há coisas que vós não compreendeis em mim."

Por uma vez ou outra um ou dois prestaram-lhe atenção; eles sentaram-se com os rostos cabisbaixos e as orelhas inteligentemente viradas para ele, e ele fez o melhor que podia para lhes dizer o que significava ver. Entre os seus ouvintes havia uma rapariga, com as pálpebras menos vermelhas e afundadas que os outros, de modo que quase se podia imaginar que ela estava a esconder os olhos, e que ele esperava persuadir especialmente. Ele falou das maravilhas da vista, de observar as montanhas, do céu e do nascer do sol, e a plateia ouviu-o com uma divertida incredulidade que na realidade se tornou condenatória.

Disseram-lhe que não havia de facto montanhas, mas que o fim das rochas onde os lhamas pastavam era de facto o fim do mundo; daí surgiu um telhado cavernoso do universo, do qual o orvalho e as avalanches caíram; e quando ele manteve firmemente que o mundo não tinha fim nem telhado como eles supunham, disseram que os seus pensamentos eram perversos.

Na medida em que ele podia descrever-lhes o céu e as nuvens e estrelas, pareceu-lhes um vazio hediondo, uma terrível escuridão no lugar do telhado suave sobre as coisas em que acreditavam — era um artigo de fé entre eles que o telhado da caverna era requintadamente suave ao toque. Ele viu que de alguma forma os havia chocado, e desistiu completamente desse aspeto da questão, e tentou mostrar-lhes o valor prático da visão. Certa manhã ele viu Pedro num caminho chamado Dezassete e a dirigir-se para as casas do centro, mas ainda demasiado longe para ouvir ou sentir, e disse-lhes isso mesmo.

"Daqui a pouco," profetizou ele, "Pedro estará aqui." Um velho homem fez notar que Pedro não tinha nada a fazer no caminho Dezassete, e em seguida, em jeito de confirmação, aquele indivíduo que se aproximava virou-se e foi transversalmente para o caminho Dez, e assim com passos ágeis dirigiu-se para o muro exterior. Eles gozaram com Nunez por Pedro não ter chegado, e mais tarde, quando ele colocou questões a Pedro para redimir o seu caráter, Pedro negou e enfrentou-o, e depois foi hostil para com ele.

Depois induziu-os a deixarem-no percorrer um longo caminho pelos prados inclinados em direção ao muro com um indivíduo complacente, e a ele prometeu descrever tudo o que aconteceu entre as casas.

Ele notou certas idas e vindas, mas as coisas que realmente pareciam importar para estas pessoas aconteceram dentro ou atrás das casas sem janelas — as únicas coisas que eles tomaram nota para o testar — e destas ele não podia ver ou dizer nada; e foi depois do fracasso desta tentativa, e do ridicularizar que eles não conseguiram reprimir, que ele recorreu à força.

Ele pensou em agarrar uma pá e, de repente, ferir um ou dois deles até cair ao chão, e assim em combate justo mostrando a vantagem dos olhos. Ele levou tão longe esse pensamento que resolveu agarrar a sua pá, e depois descobriu uma coisa nova sobre si mesmo, que era impossível para ele bater num cego a sangue-frio.

Hesitou, e percebeu que todos estavam cientes de que ele tinha agarrado a pá.

Mantiveram-se em alerta, com as suas cabeças de um lado, e as orelhas apontadas para o que ele faria a seguir.

"Pousa imediatamente essa pá," disse um, e ele sentiu uma espécie de horror indefeso. Quase a ponto de obedecer.

Depois empurrou um deles atirando-lhe as costas contra uma parede de uma casa, e fugiu passando por ele e para fora da aldeia.

Ele foi para um dos seus prados, deixando um rasto de relva pisada no encalço dos seus pés, e sentou-se mesmo ao lado de um dos seus caminhos. Sentia algo da flutuabilidade que chega a todos os homens no início de uma luta, mas com mais perplexidade. Começou a perceber que não se pode sequer lutar alegremente com criaturas que se estabelecem sobre uma base mental diferente da sua própria. Ao longe viu vários homens com pás e paus a sair das casas para a rua, e a avançar numa linha que se propagava ao longo dos vários caminhos na sua direção. Avançavam lentamente, falando frequentemente uns com os outros, e de vez em quando todo o cordão parava e farejava o ar e ficava a ouvir.

Da primeira vez que fizeram isto, Nunez riu-se. Mas depois já não se riu.

Um dos cegos bateu com uma pá no seu rasto na relva dos prados, e avançou inclinando-se e sentindo o seu caminho ao longo dela.

Durante cinco minutos observou a lenta extensão do cordão, e depois a sua vaga disposição para fazer algo de imediato tornou-se frenética. Ele levantou-se, deu um passo ou dois na direção do muro circunferencial, virou-se e andou um bocado para trás. Ali se encontravam eles num crescente, parados e a ouvir.

Ele também ficou parado, segurava a sua pá bem firme com ambas as mãos. Deveria carregar sobre eles?

O pulso nos seus ouvidos batia ao ritmo de "Em Terra de Cegos quem tem olho é Rei!"

Deveria carregar sobre eles?

Olhou para trás para a parede alta e não escalável por causa do seu reboco liso, mas com muitas pequenas portas perfuradas, e olhou para a linha de pessoas que em busca dele se aproximava. Atrás destes outros estavam agora a sair da rua das casas.

Deveria carregar sobre eles?

"Bogotá!" chamou um. "Bogotá! Onde estás tu?"

Agarrou ainda mais a pá, e avançou pelos prados em direção ao lugar das habitações, e assim diretamente como se deslocou, eles convergiram para ele. "Bater-lhes-ei se me tocarem", jurou ele; "pelos Céus, eu o farei. Eu baterei." Chamou em voz alta: "Olha lá, eu vou fazer o que me apetecer neste vale. Ouves? Vou fazer o que me apetecer e vou para onde me apetecer!"

Estavam a aproximar-se dele rapidamente, tateando, mas ainda assim avançando rapidamente. Era como se estivessem a brincar à cabra-cega, com toda a gente vendada exceto uma pessoa. "Agarrem-no!" gritou um. Ele deu por si num arco de uma curva solta de perseguidores. Sentiu de repente que devia ser ativo e resoluto.

"Não compreendeis," gritou ele com uma voz que era para ser forte e resoluta, e que se partiu. "Vós sois cegos, e eu posso ver." Deixem-me em paz!"

"Bogotá! Pousa imediatamente essa pá, e sai de cima da relva!"

Esta última ordem, grotesca na sua familiaridade urbana, espoletou uma rajada de raiva.

"Eu magoo-o," disse ele, soluçando com as emoções à flor-da-pele. "Pelos Céus, eu magoo-o," Deixem-me em paz!"

Ele começou a correr, não sabendo claramente para onde correr. Afastou-se do homem cego mais próximo, porque era um horror bater-lhe. Ele parou, e depois deu uma corrida para fugir das fileiras que se acercavam. Ele conseguiu chegar aonde a distância era grande, e os homens de ambos os lados, com uma perceção rápida da aproximação dos seus passos, apressaram-se uns para os outros. Ele saltou para a frente, e depois viu que ia ser apanhado, e abanou! A pá tinha batido. Sentiu o batimento suave da mão e do braço, e o homem estava no chão com um grito de dor, e ele estava acabado.

Acabado! E então ele estava novamente perto da rua das casas, e os homens cegos, girando pás e estacas, corriam com uma espécie de celeridade razoável para aqui e para acolá.

Ouviu passos atrás dele mesmo a tempo, e encontrou um homem alto apressando-se para a frente e a passar ao som dele. Perdeu a coragem, atirou a pá a um metro do seu antagonista, girou e fugiu, soltando um grito enquanto se esquivava de outro.

Ele tinha sido tomado pelo pânico. Ele correu furiosamente de um lado para o outro, esquivando-se quando não havia necessidade de se esquivar, e na sua ansiedade de ver de cada lado dele ao mesmo tempo, ia aos tropeções. Por um instante ele caiu e eles ouviram a queda. Ao longe, no muro circunferencial, uma pequena porta parecia o paraíso, e ele arrancou à pressa para lá. Ele nem sequer olhou em volta para os seus perseguidores até que foi conquistado, e tropeçou ao atravessar a ponte, trepou um pouco entre as rochas, para surpresa e consternação de um jovem lhama, que saltou para fora da vista, e se deitou a soluçar para respirar.

E assim acabou o seu *coup d'état*.

Ficou fora do muro do Vale dos Cegos durante duas noites e dias sem comida ou abrigo, e meditou sobre o inesperado. Durante estas meditações ele repetiu muito frequentemente e sempre com uma nota mais profunda de escárnio o provérbio rebentado: "Em Terra de Cegos quem tem olho é Rei." Ele pensou principalmente em formas de lutar e conquistar estas pessoas, e tornou-se claro que para ele não era possível qualquer forma praticável de o fazer. Ele não tinha quaisquer armas, e agora seria difícil arranjar uma.

O cancro da civilização tinha-o tomado mesmo em Bogotá, e não conseguia encontrar em si próprio a ideia de descer e assassinar um homem cego. Claro, se ele fizesse isso, ele poderia ditar os seus termos baseado na ameaça de os assassinar a todos. Mas, mais tarde ou mais cedo ele precisava de dormir!...

Tentou também encontrar comida entre os pinheiros, estar confortável debaixo dos ramos de pinheiros enquanto a geada caía à noite, e — com menos confiança — apanhar um lhama com um artifício para tentar matá-lo — talvez martelando-o com uma pedra — e assim, finalmente, talvez, comer alguma parte dele. Mas os lhamas tinham dúvidas sobre ele e consideravam-no com olhos castanhos desconfiados, e cuspiram quando ele se aproximou. O medo tomou conta dele no segundo dia e sentiu muitos calafrios. Finalmente, rastejou até ao muro da Terra de Cegos e tentou chegar a um entendimento.

Ele rastejou junto ao riacho, gritando, até que dois cegos saíram para o portão e falaram com ele.

"Eu estava louco," disse ele. "Mas era apenas um recém-formado."

Eles disseram que assim estava melhor.

Ele disse-lhes que agora estava mais sensato, e que se arrependia de tudo o que havia feito.

Depois chorou sem intenção, porque estava muito fraco e doente, e eles aceitaram isso como um sinal favorável.

Eles perguntaram-lhe se ele ainda pensava que podia 'ver'.

"Não," ele disse. "Isso era uma tontaria." A palavra não significa nada, menos de nada!"

Eles perguntaram-lhe o que havia por cima da cabeça.

"A cerca de dez vezes dez vezes a altura de um homem há um teto sobre o mundo — de pedra — e muito, muito suave." ... Lágrimas histéricas rebentaram dos olhos dele. "Antes que me perguntem mais alguma coisa, deem-me alguma coisa para comer ou eu morro."

Esperavam-lhe castigos terríveis, mas estas pessoas cegas eram capazes de tolerância. Consideravam a sua rebelião como mais uma prova da sua idiotice geral e inferioridade; e depois de o terem chicoteado, nomearam-no para fazer o trabalho mais simples e pesado que tinham para fazer, e ele, não vendo outra forma de viver, fez submissamente o que lhe foi mandado.

Ele esteve doente por alguns dias, e eles assistiram-no generosamente. Isso refinou a sua submissão. Mas insistiram na mentira que eles tinham pregado no escuro, e isso foi uma grande miséria. E os filósofos cegos vieram falar com ele sobre a leviandade perversa da sua mente, e reprovaram-no impressionantemente pelas suas dúvidas sobre a tampa da rocha que cobria a sua caçarola cósmica de tal forma que ele quase duvidou se de facto não era vítima de alucinação ao não a ver por cima.

E assim Nunez se tornou um cidadão da Terra de Cegos, e estas pessoas deixaram de ser um povo generalizado e tornaram-se-lhe individualidades e familiares, enquanto o mundo para lá das montanhas se tornou mais e mais remoto e irreal. Havia Yacob, o seu mestre, um homem bondoso quando não incomodado; havia Pedro, sobrinho de Yacob; e havia Medina-saroti, que era a filha mais nova de Yacob. Ela era pouco estimada no mundo dos cegos, porque tinha um rosto lúcido, e faltava-lhe aquela suavidade satisfatória e brilhante que é o ideal de beleza feminina do homem cego; mas Nunez achava-a bonita no início, e até mesmo a coisa mais bela de toda a criação. As suas pálpebras fechadas não estavam afundadas e vermelhas assim como da forma comum do vale, repousavam antes como se pudessem abrir de novo a qualquer momento; e ela tinha pestanas longas, que eram consideradas uma grave desfiguração. E a voz dela era forte, não satisfazia o ouvido aguçado dos jovens amantes do vale. Por isso ela não tinha ninguém que a amasse.

O tempo chegou em que Nunez pensou que, se a conseguisse conquistar, ele se poderia resignar a viver no vale pelo resto dos seus dias.

Ele olhava-a; ele buscava oportunidades de lhe fazer pequenos favores, e no momento ele descobriu que ela o observava. Uma vez num dia de descanso eles sentaram-se lado a lado diante a luz fraca das estrelas, e a música era agradável. A mão dele pegou na dela e ele atreveu-se a apertá-la. Depois, e de forma muito carinhosa, ela devolveu-lhe a pressão. E um dia, enquanto eles faziam a sua refeição na escuridão, ele sentiu a mão dela a procurá-lo muito suavemente, e à medida que a fogueira se elevava, ele viu a ternura do seu rosto.

Ele tentou falar com ela.

Foi ter com ela um dia quando estava sentada ao luar girante de verão. A luz fez dela algo de prata e mistério. Sentou-se diante os seus pés e disse-lhe que a amava, e disse-lhe o quão ela lhe parecia bonita. Tinha uma voz de amante, falava com uma terna reverência que se aproximava de um espanto, e ela nunca antes tinha sido tocada pela adoração. Ela não lhe deu uma resposta definitiva, mas foi evidente que as suas palavras a agradaram.

Após isso ele falava com ela sempre que tinha a menor oportunidade. O vale tornou-se o mundo para ele, e o mundo para além das montanhas onde os homens viviam à luz do sol não parecia mais do que um conto de fadas que um dia se lhe despejaria nos ouvidos. Muito cautelosa e timidamente ele falou-lhe da visão.

A visão parecia para ela a mais poética das fantasias, e ela ouviu a sua descrição das estrelas e das montanhas e a sua própria doce beleza de luz branca como se fosse uma indulgência culpada. Ela não acreditava, só conseguia compreender a metade, mas estava misteriosamente encantada, e pareceu-lhe que compreendia completamente.

O amor dele perdeu o temor e ganhou coragem. Na realidade, ele estava a exigi-la em casamento de Yacob e dos anciãos, mas ela tornou-se temerosa e atrasou o processo. E foi uma das suas irmãs mais velhas que primeiro disse a Yacob que Medina-saroti e Nunez estavam apaixonados.

Houve do primeiro uma grande oposição ao casamento de Nunez e Medina-saroti; não tanto porque a valorizavam, mas porque o tinham como um ser à parte, um idiota, uma coisa incompetente abaixo do nível permissível de um homem. As suas irmãs opuseram-se-lhe amargamente como se a situação trouxesse descrédito a todos eles; e o velho Yacob, embora tivesse formado uma espécie de gosto pelo seu servo desajeitado e obediente, abanou a cabeça e disse que a coisa não podia ser. Os jovens rapazes estavam todos zangados com a ideia de corromper a raça, e um chegou ao ponto de injuriar e atacar Nunez. Ele ripostou. Então, pela primeira vez, conseguiu ter a vantagem de ver, mesmo que ao crepúsculo, e depois dessa luta, ninguém estava disposto a levantar uma mão que fosse contra ele. Mas ainda assim consideraram o seu casamento impossível.

O velho Yacob tinha uma ternura especial pela sua filha mais nova, e sofria por tê-la a chorar no seu ombro.

"Percebes, minha querida, ele é um idiota. Ele tem delírios; não consegue fazer nada direito."

"Eu sei," chorou Medina-saroti. "Mas ele está melhor do que estava. Ele está a ficar melhor. E ele é forte, querido pai, e meigo — mais forte e meigo do que qualquer outro homem do mundo. E ele ama-me — e, pai, eu amo-o a ele."

O velho Jacob ficou extremamente angustiado ao senti-la tão inconsolável, e, além disso — o que tornou ainda mais angustiante — ele gostava de Nunez por muitos motivos. Então ele foi e sentou-se na câmara do conselho sem janelas com os outros anciãos e observou a tendência da conversa, e disse, na altura própria, "Ele é melhor do que era. Muito provavelmente, algum dia, acabaremos por considerá-lo tão são como nós mesmos.

E de seguida, um dos anciãos. que pensou profundamente, teve uma ideia. Ele era o grande médico entre estas pessoas, o seu homem-medicina, e tinha uma mente muito filosófica e inventiva, e a ideia de curar Nunez das suas peculiaridades apelava-lhe. Um dia, quando Yacob estava presente, regressou ao tema de Nunez.

"Eu examinei Bogotá," disse ele, "e o caso está mais claro para mim. Penso que muito provavelmente ele pode ser curado."

"Isso é o que eu sempre tive esperança," disse o velho Yacob.

"O cérebro dele está afetado," disse o médico cego.

Os anciãos murmuraram em consentimento.

"Agora, o que o afeta?"

"Ah!" exclamou o velho Yacob.

"Isto," disse o médico, respondendo à sua própria questão. "Aquelas coisas estranhas que são chamadas de 'olhos', e que existem para fazer uma agradável depressão suave no rosto, estão doentes, no caso de Bogotá, de tal forma que afetam o seu cérebro. Eles estão muito distendidos, ele tem pestanas, e as suas pálpebras movem-se, e consequentemente o seu cérebro está num estado de constante irritação e distração".

"Sim?" disse o velho Yacob. "Sim?"

"E penso poder dizer com razoável certeza que, para o curar completamente, tudo o que precisamos

de fazer é uma operação cirúrgica simples e fácil —
nomeadamente, para remover estes corpos irritantes".

"E depois ele ficará são?"

"Depois ele será perfeitamente são, e um cidadão
bastante admirável."

"Graças aos céus pela ciência!" disse o velho
Yacob, e correu a dizer a Nunez as boas novas.

Mas a forma como Nunez recebeu as boas notícias
pareceu-lhe fria e dececionante.

"Poder-se-ia pensar," disse ele, "pelo tom que
tomas, que não te importaste com a minha filha."

Foi Medina-saroti que persuadiu Nunez a enfrentar
os cirurgiões cegos.

"Não queres que eu", disse ele, "perca o meu dom
da visão?"

Ela abanou a cabeça.

"O meu mundo é visão."

Ela ficou cabisbaixa.

"Há as coisas bonitas, as pequenas coisas bonitas
— as flores, os líquenes entre as rochas, a leveza e
suavidade num pedaço de pelo, o céu distante com o
seu cair das nuvens, os pores-do-sol e as estrelas. E
hás tu. Só por ti já é maravilhoso ter visão, ver o teu
doce e sereno rosto, os teus lábios meigos, as tuas
queridas e belas mãos dobradas em conjunto... São

estes meus olhos que ganhastes, estes olhos que me prendem a ti, que estes idiotas procuram. Em vez disso, devo tocar-te, ouvir-te, e nunca mais te ver. Devo ficar debaixo daquele telhado de rocha e pedra e escuridão, aquele telhado horrível sob o qual a vossa imaginação se curva... Não; não queres que eu faça isso?..."

Uma dúvida desconcertante tomou conta dele. Ele parou, e deixou a questão no ar.

"Eu gostava," disse ela, "que às vezes..." ela pausou.

"Sim?" indagou ele um pouco apreensivo.

"Eu gostava que às vezes... tu não falasses dessa forma."

"De qual forma?"

"Eu sei que é bonita, é a tua imaginação. Eu adoro-a, mas agora..."

Ele sentiu um frio. "Agora?" disse ele levemente.

Ela ficou bastante quieta.

""Tu queres dizer que... tu pensas que... eu deveria ser melhor, melhor talvez..."

Ele estava a percecionar as coisas de forma bastante acelerada. Sentiu raiva, de facto, raiva do insensível curso do destino, mas ao mesmo tempo compaixão pela falta de compreensão dela — uma compaixão próxima da pena.

"Querida," disse ele, e podia ver pela sua brancura quão intensamente o seu espírito era pressionado contra as coisas que ela não conseguia dizer. Ele colocou os braços em volta dela, beijou-lhe a orelha, e eles sentaram-se durante algum tempo em silêncio.

"Se eu consentisse isto?" disse ele por fim, com uma voz extremamente gentil.

Os braços dela voaram para cima dele, chorando copiosamente. "Oh, se o fizesses," ela soluçou, "se simplesmente o fizesses!"

Durante uma semana antes da operação que o iria elevar da sua servidão e inferioridade ao nível de um cidadão cego, Nunez não sabia nada sobre o sono, e tudo durante as horas quentes de sol, enquanto os outros dormiam felizes, ele sentava-se a chorar ou vagueava sem rumo, tentando levar a sua mente a ter em conta o seu dilema. Ele tinha dado a sua resposta, tinha dado o seu consentimento, e mesmo assim não tinha a certeza. E, finalmente, o tempo de trabalho tinha acabado, o sol nasceu em esplendor sobre os cumes dourados, e o seu último dia de visão começou para ele. Ele teve alguns minutos com Medina-saroti antes de ela se afastar para dormir.

"Amanhã," disse ele, "eu não voltarei a ver."

"Meu coração!" ela respondeu, e pressionou as suas mãos com toda a sua força.

"Eles magoar-te-iam, mas pouco," disse ela; "e tu o farias, passarias por essa dor, atrever-te-ias a passar por isso, meu querido amor, por *mim*... Meu querido, se o coração e a vida de uma mulher o poder fazer, eu te irei compensar. Meu mais do que querido, meu querido de voz terna, eu compensar-te-ei."

Estava encharcado de piedade por si próprio e por ela.

Ele segurou-a nos seus braços, e pressionou os seus lábios sobre os dela, e olhou para o seu rosto doce pela última vez. "Adeus!" sussurrou ele perante aquela querida visão, "adeus!"

E depois, em silêncio, afastou-se dela.

Ela podia ouvir os seus lentos passos de retirada, e algo no ritmo deles a atirou para uma paixão de choro.

Ele tencionava ir para um lugar solitário onde os prados eram lindos com narcisos brancos, e lá permanecer até à hora do seu sacrifício, mas ao ir levantou os olhos e viu a manhã, a manhã como um anjo de armadura dourada, marchando pelos declives...

Pareceu-lhe que antes deste esplendor ele, e este mundo cego do vale, e o seu amor, e todos, não eram mais do que um poço de pecado.

Ele não se virou para o lado como tinha intenção de fazer, mas continuou, e passou através do muro da circunferência e sobre as rochas, e os seus olhos estavam sempre sobre o gelo e a neve iluminados pelo sol.

Viu a sua beleza infinita, e a sua imaginação elevou-se sobre aquela paisagem e para mais além das coisas de que estava agora a demitir-se para sempre.

Pensou naquele grande mundo livre de que se havia separado, o mundo que era seu, e teve uma visão daquelas encostas mais afastadas, a distância para além da distância, com Bogotá, um lugar de beleza agitadora multitudinária, uma glória de dia, um mistério luminoso de noite, um lugar de palácios e fontes e estátuas e casas brancas, que se apresentavam maravilhosamente a meia-distância. Ele pensou como durante cerca de um dia se poderia descer por passagens, aproximando-se cada vez mais das suas ruas e caminhos movimentados. Ele pensou na viagem fluvial, dia após dia, desde a grande Bogotá até ao mundo ainda mais vasto, passando por cidades e aldeias, florestas e lugares desérticos, o rio apressado dia após dia, até que as suas margens recuassem e os grandes vapores passassem, e se chegasse ao mar — o mar sem limites, com as suas mil ilhas, os seus milhares de ilhas, e os seus navios vistos pouco distantes nas suas incessantes viagens à volta e sobre esse mundo maior. E ali, no serpentear das montanhas, via-se o céu — o céu, não um disco como se viu aqui, mas um arco de azul imensurável, um profundo de profundezas em que as estrelas em círculo flutuavam...

Os seus olhos escrutinaram a grande cortina das montanhas com uma indagação mais apurada.

Por exemplo, se alguém fosse assim por aí, por aquela ravina e para aquela chaminé ali, então poderia sair pelo alto entre aqueles pinheiros raquíticos que corriam em volta numa espécie de prateleira e subiam cada vez mais alto à medida que passavam por cima do desfiladeiro. E depois? Esse talude pode ser ultrapassado. Talvez se encontre aí uma subida para o levar até ao precipício que veio abaixo da neve; e se essa chaminé falhar, então outra mais a leste poderá servir melhor o seu propósito. E depois? Então, uma pessoa estaria lá fora sobre a neve iluminada de âmbar, e a meio caminho até ao cume daquelas belas desolações.

Ele olhou de volta para a aldeia, depois virou-se à direita e contemplou-a com firmeza.

Ele pensou em Medina-saroti, e ela tinha-se tornado pequena e remota.

Voltou-se novamente para o muro da montanha, para baixo do qual o dia lhe havia chegado.

Depois, muito circunspeto, começou a escalar.

Quando veio o pôr-do-sol ele já não estava a escalar, mas longe e alto. Ele já tinha estado mais alto, mas ainda estava muito no alto. As suas roupas estavam rasgadas, os seus membros manchados de sangue, feriu-se em muitos lugares, mas deitou-se como se estivesse à sua vontade, e havia um sorriso no seu rosto.

De onde ele estava a descansar o vale parecia estar num poço e quase um quilometro abaixo. Já estava escuro de névoa e sombra, embora os cumes das montanhas à sua volta ainda estivessem iluminados de luz e fogo. Os cumes das montanhas à sua volta eram coisas de luz e fogo, e os pequenos detalhes das rochas à sua volta estavam plenos de uma beleza subtil — uma veia de mineral verde perfurando o cinzento, o clarão das faces de cristal aqui e ali, um minuto, um minuto da beleza de um líquen cor-de-laranja perto do seu rosto. Havia sombras misteriosas profundas no desfiladeiro, o azul aprofundava-se no roxo, e o roxo numa escuridão luminosa, e por cima era a imensidão infinita do céu. Mas ele já não prestava atenção a estas coisas, no entanto ficava ali bastante inativo, sorrindo como se estivesse satisfeito apenas por ter escapado do Vale dos Cegos em que pensava ser Rei.

O brilho do pôr-do-sol passou, a noite chegou, e ele permanecia pacificamente contente sob as estrelas claras e frias.

FIM

SOBRE O AUTOR

 Nascido no perímetro da Grande Londres, em Bromley, Kent, Inglaterra, Herbert George Wells, nasceu a 21 de setembro 1866, e veio a falecer a 13 de agosto de 1949 com 79 anos de idade em Regent's Park, Londres, Inglaterra.

Além de escritor e romancista, exerceu as profissões de jornalista e historiador. As suas obras foram revolucionárias no género de ficção-científica, sendo um dos seus máximos expoentes e autor de obras cujo impacto na ciência e nos desafios da humanidade se revelaram fulcrais. Obras como *Time Machine* (A Máquina do Tempo) que oferece uma visão sobre as consequências do desejo humano de conquistar a possibilidade de viajar no tempo, ou *The Invisable Man* (O Homem Invisível); *The War of the Worlds* (A Guerra dos Mundos); *The Island of Docteur Moreau* (A Ilha do Dr. Moreau); que inspiraram a criação de inúmeras obras derivadas, inclusivamente cinematográficas, demonstram o quão influente se tornou a obra de H.G. Wells. Todas estas obras adaptadas para cinema assim como outras: *The Door in The Wall* (A Porta no Muro), presente nesta edição da Contra Escrita, realizado por Glenn H. Alvey Jr. numa curta-metragem de 29 minutos em 1956, e *The Country*

of the Blind (Em Terra de Cegos) em 2014 dirigido por Travis Mills.

H.G. Wells é por muitos considerado o pai da ficção-científica, será, a par de *Jules Verne* (Júlio Verne) seu contemporâneo e colega na área literária, respetivamente no género de ficção científica, um dos maiores inspiradores dos grandes objetivos científicos e grandes passos da humanidade do século XX, e que se seguirão com certeza agora século XXI adiante.

Wells foi também um dos ases das *Short-Stories* (Contos) e um dos seus propulsores. Tendo escrito e publicado dezenas delas ao longo da sua carreira, pese ter sido nos romances que a sua obra ganhou maior protagonismo.

H.G. Wells era também um reconhecido socialista e pacifista cujas obras geraram enormes controvérsias e foram muitas vezes proféticas.

Os seus romances mais tardios eram mais realistas e de diversos géneros literários, incluindo romances contemporâneos, históricos e de comentário social.

TÍTULOS COLEÇÃO X MARAVILHAS DE JACK LONDON

- Emil Gluck: O Pior Inimigo do Mundo – Vol. I (3ª Edição)
  Jack London (Tradução: Philipe Pharo da Costa) (2016|18|19)

- Uma Invasão Sem Precedentes
  Ou: A Guerra de Jacobus Laningdale
  Vol. II (2ª Edição)
  Jack London (Tradução: Philipe Pharo da Costa) (2017|19)

- O Conto das Mil Mortes
  Ou: O Navio da Tortura – Vol. III (2ª Edição)
  Jack London (Tradução: Philipe Pharo da Costa) (2017|20)

- O Pagão – Vol. IV (2ª Edição)
  Jack London (Tradução: Philipe Pharo da Costa) (2020)

- O Vermelho – Vol. V
  Jack London (Tradução: Philipe Pharo da Costa) (2020)

- Cabeça Agachada – Vol. VI
  Jack London (Tradução: Philipe Pharo da Costa) (2023)

TÍTULOS COLEÇÃO GRANDES AUTORES

- O Carregador Zarolho – Voltaire (I)
  (Tradução: Philipe Pharo da Costa | Fabiana Ribeiro) (2019)

- O Gato Preto – Edgar Allan Poe (II)
  (Tradução: Philipe Pharo da Costa) (2019)

- A Dama com o Cão (O Marido e O Amor) – Anton Tchékhov (IV)
  (Tradução: Philipe Pharo da Costa) (2020)

- Os Idiotas – Joseph Conrad (V)
  (Tradução: Philipe Pharo da Costa) (2021)

- A Alma Humana Sob o Socialismo – Oscar Wilde (VI)
  (Tradução: Philipe Pharo da Costa) (2021)

- Em Terra de Cegos (O Bacilo Roubado e A Porta no Muro) – H.G. Wells (VII)
  (Tradução: Philipe Pharo da Costa) (2022)

- B.24 – Arthur Conan Doyle (VIII)
  (Tradução: Philipe Pharo da Costa) (2023)

- O Sonho de Um Homem Ridículo – Fyódor Dostoiévski (IX)
  (Tradução: Philipe Pharo da Costa)

A PUBLICAR BREVEMENTE

Manifesto do Partido Comunista
Karl Marx | Friedrich Engels
(Tradução: Philipe Pharo da Costa)

TÍTULOS COLEÇÃO POETAS LIVRES

- Clarividência: Das Profundezas e Das Alturas – Neusa Veloso (I)
  (Edição: Philipe Pharo da Costa) (2021)

A PUBLICAR BREVEMENTE

Maternidade
Luiz Machado

OUTROS TÍTULOS
PUBLICADOS PELA CONTRA ESCRITA

- De Mim Para o Mundo: Poesia e Fragmentos | Filipe F. Costa (2015)

- Poemas de Adil: e Um Texto Desalinhado | Filipe F. Costa (2015)

- Memoh Morto: e 5 Poemas de Outubro | Filipe F. Costa (2016)

- Livro dos Poemas de Fruto Proibido do Doutor Armando do Sal e Outros Textos Neoexperimentais | Philipe Pharo da Costa (2016)

- As Meias do Poeta Victor Nuno de Menezes e Outros Fragmentos Físico-Teóricos | Philipe Pharo da Costa (2017)

- Me and The World: Poetry and Fragments (Bilingual Edition Portuguese-English) (2ª Edição) | Philipe Pharo da Costa (2017|19)

- De Moi Vers Le Monde: Poésie et Fragments (Édition Bilingue Portugais-Français) (2ª Edição) |Philipe Pharo da Costa – Johanna Sciamma (2017|20)

- Este Aparelho Deve Ser Instalado Por Pessoas Competentes (Primeiro Manual) | Philipe Pharo da Costa (2018)

- Contos Oblíquos | Philipe Pharo da Costa (2020)

- As Meias do Poeta Victor Nuno de Menezes (Po8 e Físico-Teórico) – Obra Completa | Philipe Pharo da Costa (2022)

A PUBLICAR BREVEMENTE

Outras Mulheres
Philipe Pharo da Costa

A Fabricação da Luz
Philipe Pharo da Costa

www.ingramcontent.com/pod-product-compliance
Lightning Source LLC
Chambersburg PA
CBHW020931160726
47993CB00005B/2232